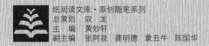

纸阅读文库·原创随笔系列

总策划　双　龙

主　编　黄妙轩

副主编　张阿泉　龚明德　象丑牛　陈国华

知非集

易卫东　著

内蒙古教育出版社

自　序

　　孔夫子说,假我数年,五十以学易,可以无大过矣。这个话大约也可以反过来说,人在未知天命之前,说过不妥的话,做过不妥的事,还是可以谅解的。所以,才会有"悟已往之不谏,知来者之可追;实迷途其未远,觉今是而昨非"的吧。

　　我回头看看自己五十多年的行事,毫无例外,当然也不出意外,一定是说过错话,做过错事的。唯一觉得欣慰,自以为还不错的,是一直保持着胡乱读书的习惯。虽说是乱读书,却不是偶尔翻翻,是"不可一日无此君";也正因为是乱读书,不是为求功名,可以自许"问学岂为稻粱谋"。所读何书? 概而言之,闲读杂览。所为何来? 书瘾成癖,岂有他哉。

　　这本小书里的文字,是我最近几年里写的有关读书的文章。分在第一辑"阅读记历"的几篇,略近于书事的记忆;其中《邮购记忆》《信与爱情》和《闲读杂览三十年》三篇是从《学步集》里抽来的。《学步集》印数有限,传布不广,这三篇关乎记忆,放在这里,似也切合。关于买书的经历,也写过几篇文章,现在集中在一起,辑为"访书记游"。然而,我的访书多数不是专访,或只是某一游程的余兴;我之所藏,都是普通的版本,没有珍本秘籍;我之所至,都是普通的书店,并非名楼高阁,与藏书名家的访书记,自不能比,其所记者,不过是一个普通爱书人寻访书店淘访闲书的一点乐趣。辑为"书海泛舟"的一组是所谓书话。我的关于书话的意见都在《学步集》自序里,就不再说了。

是为序。

二〇二〇年五月二十三日　有不读斋

目　录

第三辑　书海泛舟

第一辑

阅读记历

邮购记忆

昨天从抽屉里整理旧稿,翻检出一份纸页发黄的三联书店郑州分销店的邮购目录,上面有书店邮购主持人的一封短信:

易先生:

　　您好!

　　寄上书三册,请查收。这大概是我最后一次为您服务了。几年了?虽从未谋面,但彼此已熟悉,起码从您的笔迹我能立即认出您来……

　　希望您以后常来邮书,请务必注明编号,邮购没有使用计算机,全凭人工,所以相当烦琐,新手不熟悉,所以请一定写清。

　　谢谢,余款一元七角。

祝好!

　　　　林榕(从容是邮购主持人的代名)

信写在那份邮购目录的空白处,没有写时间,如今我也记不清是一九九五年还是一九九六年,总之应该是近十年前的事了。

短短几句话,很动情,我当时肯定是被深深感动,所以把这一份书目留下来作为纪念。现在我重读这封短信,仍然很感动,又想起了那一段购书的日子。

二十世纪的八十年代,我在分宜县城里的一个初中学校工作,县城只有一个书店,常卖的无非是当时流行的琼瑶、金庸的著作,还有的就是学生要用的教学参考书。我订阅了《读书》杂志和《文汇读书周报》,能知道一些新书的消息,看到自己喜爱的作者出了新著,可是无从购读,深以为苦。尽管那时候工资很低,邮购图书的邮资在书价的百分之十至百分之十五不等,但大多数要读的书,都靠邮购而来。我记得北京的王府井书店、上海的南京东路新华书店、福州的树人书店和北京的三味书屋,我都向他们邮购过图书,也直接向出版社的读者服务部邮购过图书。但常常有书款汇出让人望穿秋水,甚至杳无音信的情况。有一次我汇款到一家出版社去购书,过了差不多半年,他们把书款退了回来,说书已售完,真让人哭笑不得。

大概在一九八七年前后的某一期《读书》杂志上,我看到三联书店郑州分销店的邮购图书的广告,正好有我想要的几本书,便汇款到这个书店去邮购,他们很负责任地给邮购图书的读者编了号,建立一个购书记录,我的编号是〇九八号;寄书时总是夹一个短信,说明某书暂缺,余款若干,待有书后再补寄云云。落款的名字总是"从容"。我先后在这里购得《钱锺书研究》三辑、杨绛著作的一些单行本,像《干校六记》《将饮茶》《杂忆与杂写》《洗澡》等。作家版的米兰·昆德拉小说、张中行的著作、岳麓书社版的《沈从文别集》,也都从这里购得。这样过了三年多,大概每两三个月总要邮购一批书吧,建立了一种互信。我为了省事,便开始在那里预存书款。有时候一次存两百元,然后有什么想要的书便写信去。第一次我写的是"从容先生"收,寄来的书里夹着回信,我从清秀的字迹上猜得可能为女性,于是此后便径称"从容女士",也没见异议。这样书来信往,谈着书事,说点感想,偶尔也对生活中的不顺发点牢骚,慢慢地,"虽从未谋面,但彼此已熟悉"。也许我们的读书趣味相似,多了一份亲切和亲近。我几次发现我要购读的书,她都读过,总是在简短的回复中评说一两句。我想要杨绛先生译的《小癞子》,她告诉我书店只有林林译的《小拉萨路》,但插图颇有毕加索风味,也还不错,给我寄来一册。《沈从文别集》出版的时候,她特别说这套小开本的文集很好,她也买了一套,料想我会喜欢,特意留了一套书品较好的给我,果然我寄信去要邮购此书,言下对自己的准确预测颇为欣然。我读回信也不免会心一笑。此时此刻,我在记忆里搜寻她在给我的信里的话语,非常懊恼自己没有好好地留存那些信件,仅留下一个美好的回忆。

这样的邮购经历持续了很多年,这期间我的大部分书籍都由从容女士代购。有先贤说,看一个人读什么书,就能知道他是什么样的人。从容女士大概从她代购的书里,想见我的为人,久之,她能从我的"笔迹""立即认出",我珍藏着这一份回忆,心念着这一份感激。从那以后,林榕女士离开了三联书店郑州分销店,她没有告诉我她去了哪里,我也无由打听人家去了什么地方。从那以后,我再也没有向郑州分销店邮购图书了。

如今又十年过去,这十年间,书市繁荣,邮购图书的次数日见其少,这样的用心交流,永远成了一种值得怀念的记忆。

二〇〇五年五月二十八日于有不读斋

补注：

马国兴先生说我的记忆有误。郑州分销店于一九八九年下半年开始筹备，一九九〇年四月正式营业，故不可能"在一九八七年前后的某一期《读书》杂志上"刊登邮购广告。这样看来我第一次在郑州店邮购图书的时间在一九九〇年，我的编号是〇九八，可见是这家书店的早期书友。

信与爱情

一

初版于一八一三年的《傲慢与偏见》，经过近二百年的检验，已经成为世界文学宝库中的经典，毛姆甚至把它列为"世界十大文学名著"之一。可是这个故事平淡无奇，没有令人回肠荡气、惊心动魄的场面，情节无非家常琐碎，如邻里的来往、茶叙、宴会、舞会，或驾车游览名胜，或在伦敦小住，或探亲访友，都是乡镇上有闲阶级的日常生活，人物都是日常所见的常人，有的高明、文雅，有的愚蠢、鄙俗。那这样的小说"有什么好"？

纳博科夫说我们在阅读的时候应当注意和欣赏细节。如果书里明朗的细节都一一品味理解了之后再对其作出概括倒也无可非议，但是，谁要是带着先入为主的思想来看书，那么第一步就错了，而且只能越走越偏，再也无法看懂这部书了。从开篇著名的第一句"凡是有财产的单身汉，必定需要娶位太太，这已经成了一条举世公认的真理"，到几乎童话般的结尾，《傲慢与偏见》处处闪耀着机智的光芒和年轻的活力。小说的对话安排巧妙，滑稽人物的可笑行为让人惊叹，情节构造得像侦探故事一样有一个严密的布局，每一个细节都因果相关，推进到预设的结局。尤其是伊丽莎白与达西时而进展时而倒退的关系，是小说的全部妙趣所在，他们两个时而亲近时而分离的动作就像跳舞，它带来的乐趣、暧昧和最终的圆满都因此而定。

我第一次读《傲慢与偏见》时只有十七岁，这样细节生动、人物有趣、语言精致的小说我无心欣赏，只关心伊丽莎白与达西关系的进展变化：达西目中无人、态度傲慢，尽管智力超群、见解独到，但趾高气扬、不苟言笑、爱挑剔人，虽然受过良好教育，举止却不受人欢迎，为伊丽莎白所不喜欢；伊丽莎白有敏锐的观察力，凡事自有主见；维克姆英俊潇洒、温文尔雅，很是可爱，伊丽莎白听信一面之词认为达西亏待了他父亲嘱他照顾的维克姆；她又断定是达西成心要破坏姐姐简的美满婚缘；达西情不自禁向伊丽莎白求婚，实在大出意外，求婚竟成了吵架；达西写信自白，伊丽莎白反复读信，细细体会、回想、斟酌，误会消释，她愧怍，对达西竟生知己之感，当她听到佣仆对达西的称赞，看到达西的画像，不免心生爱慕；当她从舅妈那里得知是达西暗中相助，才避免了她的家庭因小妹与维克姆私奔而发生丑闻，不由心生感激；她由感激而惭愧而后悔，终于放弃偏见，证实了自己对达西的爱恋。是什么使得偏见至深的伊丽莎白回心转意？当然是达西自我表白的一封长信。这封信是情感的转折，这封信是故事的转折，这封信也是整部小说结构的一个重要节点。

许多年后，我对小说的故事细节不复记忆，可是达西给伊丽莎白的信却印象深刻。我突然发现，书信成了一切爱情的载体。达西的信有理有节，层次分明。达西要说明缘由，消除误会，还必须让偏见至深的伊丽莎白信服认可，加之求爱、争论在先，解释、说服在后，所以这样的表白信尽可以畅所欲言，毫无顾忌，摆事实，讲道理，甚至于求同存异，所以它起到了出人意表的奇效。伊丽莎白先是欲迎还拒，后来忍不住看过一遍，劝诫自己不要相信这骗人的鬼话，可是细一琢磨，不禁再看一遍，事实渐渐清晰，不由心生惭愧。这一封书信与达西向伊丽莎白求爱时的争吵何其不同！可见，高明的书信实在比当面的表白更有效。当你情绪激动、口不择言时，全然忘记了什么话可说，什么话该怎么说。话出己口，随风而逝，不能收回，话赶话而终至莫辩一言的情况也是有的。书信则不同，可以斟酌，可以修改，读信者还可反复体会，甚至字里行间另有隐情。

二

我差不多在同时期读到《德伯家的苔丝》，所以小说里的那一封信也给我留下很深的印象，虽然它不是一封求爱信，而是苔丝给远在巴西的丈夫安琪的求救信。

苔丝的故事现在看来实在简单：苔丝被堂兄亚雷克·德伯维尔诱骗，失去贞操；三年后，淳朴美丽的苔丝与安琪·克莱尔相爱，苔丝先是拒绝，然后把自己不配接受安琪的爱情的表白书在黑夜里塞在安琪房门的地毯下，可是安琪并没有看到，爱情的力量使他们结合，新婚之夜，安琪向苔丝坦白自己的劣迹，请求苔丝宽恕，于是天真的苔丝再次向安琪说明自己也有的"过失"。"一样的过错，我可以宽恕你，你为什么不能宽恕我？"这是天真的苔丝想不通的问题。苔丝再一次回家，由于父亲的去世，失去继承德伯家族祖居的资格，流离失所，又一次被亚雷克"弄上手了"。远在巴西的安琪后悔遗弃心爱的苔丝，无依无靠的苔丝思念丈夫，致信求援，于是安琪归来，而苔丝手刃亚雷克，两人终于享受了几天爱情的甜美。短暂的幸福过后，等着苔丝的是生命的终结。

是什么让一个美如天仙、勤劳淳朴的少女成了罪犯？浪荡公子的诱骗？自私的爱情里必有的狭隘？为了炽烈的爱情而产生的献身精神？约翰·贝克在《怎样读哈代的小说》里说："苔丝所遭受的窘况是，她始终不能逃进自然的世界，她必须生活在社会的世界里。她自然恋爱的本能不得不屈从于社会上恋爱和婚姻的观念；尽管哈代全身心地同情苔丝，但他不是仅仅抗议社会的残忍，而是展现苔丝进退两难的真实可信的情景。这部小说有力地说明，苔丝的行为主要是出自本能的。哈代的小说的全部要旨在于说明存在一个相对独立的自然世界，这一世界被完全不同的，几乎不可理解的法则所操纵着。"爱情是自然世界的本能，处处与爱情为敌的是社会世界里的规则和观念，在社会的世界里，"女人总是吃亏的"。我读这部小说时完全不管这些形而上的分析，只觉得改变苔丝命运的其实就是那两封信。第一封信安琪·克莱尔和读者都没有见到，但苔丝把信的内容复述给了安琪·克莱尔，这就导致了自己的被嫌弃；正是第二封信使得已有悔意的安琪·克莱尔决心回归，这封信里言辞之恳切、内心之凄苦，表达得非常充分，任是铁石心肠也要被感化了："安琪，我身边无人保护，这般受人诱惑。……我一心依附着你，你很难想象这种依附的程度！……安琪，我完全是为你而活着。我太爱你了，不会责怪你离我而去的……亲爱的，没有你我是多么孤单，多么凄凉啊！……只要能和你生活在一起，就是不能做你的妻子，哪怕做你的奴仆，我也心甘情愿，我也满心欢喜。只要能在你的身边，只要能看上你几眼，只要能觉得你是我的人，那我就心满意足了。"而安琪·克莱尔的回归促使已经与亚雷克一起生活的苔丝决心"干掉他"。

真的，许多时候，在自然世界的爱情里，随心所欲出自本能的一封书信，就能改变生活的轨道。

三

　　情书的写法当然各自不同,有时是表白,有时是辩白,有时只是倾诉,有时候什么也不必说,只是有事说事,充满字里行间的,都是一个爱。郁达夫的情书最浪漫率真,他表达情感的方式太大胆直露了,让你不好意思,他紧追不舍一往无前的勇气让你无法躲避;徐志摩的情书浓艳温柔、妩媚撩人,以情浓见长,同时又坦率、亲切,正与他的散文风格一致;新月派里绅士风度与儒雅气质结合得最好的梁实秋先生,七十高龄时致韩菁清的情书同样浪漫炽烈,情意缠绵,可见爱的表达无关年龄;鲁迅先生虽然自下决心"我可以爱",可你在他的两地书里通篇也找不见"我爱你",但只要看看那些书信的称呼和落款的花样变换,就能体会其中爱的深切。其实,最深爱的情人,他们的书信也许正是不要称呼与落款,因为每一个字都是心的交流,不用呼唤,无需自许,直抵内心,心心相印。

　　我们无缘看到钱锺书与杨绛夫妇的通信,据说在他们每次短暂的分离时都是日发一信。在《围城》里,方鸿渐给唐晓芙的信一样让我特别关注。此前鸿渐兄受过鲍小姐"真理"的诱惑而失身,受过苏小姐"月亮"的蛊惑而献出慌乱的初吻,此后又在孙小姐预设的格局里步步深入,陷落围城,只有倾心相爱的唐晓芙给过他初恋的欢欣和爱情的幸福。明明是三闾大学聘他任教,可是他的信中说:"你要到昆明去复学,我也可以在昆明谋个事,假如你在上海的学校,上海就变成了我唯一依恋的地方。总而言之,我魔住你,缠着你,冤魂做崇似的附上你,不放你清净。我只想跟我——啊呀!'你'错写了'我',可是这笔误很有道理,你想想为什么——讲句简单话,这话在我心里已经复习了几千遍。我深恨发明不来一个新鲜飘忽的说法,只有我可以说,只有你可以听,我说过,你听过,这说法就飞了,过去、现在和未来没有第二个男人好对第二个女人这样说。抱歉得很,对绝世无双的你,我只能用几千年经人滥用的话来表示我的情感。你允许我说那句话么?我真不敢冒昧,你不知道我怎样怕你生气。"

恋爱的情人最怕对方生气,于是,说,还是不说,这是一个问题。对于初恋的情人,几千年经人滥用的一句话,何时该说,最难把握。有时候你怕失去,冒昧地说早了,结果惹人误解,而终于失去;有时候你迟疑不决,竟至于说晚了,一别错过,痛悔终生。纵然鸿渐兄的这个表白新鲜活泼,逗人喜爱,架不住还有失意的苏文纨暗中挑拨,可怜方鸿渐一身迷惑,狗抖毛一样抖擞身子也不能清醒。

四

你读小说里的书信,或者现实里的情书,出自作家的生花妙笔,或只是凡间俗世的真情表达,都会发现情书里表述的只有两个意思:一个是"我爱你",一个是超越时空的承诺。需要用情书来表达爱意的情人,一定是分隔两地,不能见面的。时间上的等待带来期盼,空间的阻隔,引起思念和牵挂。于是,"我爱你"化为"我等你"的承诺或"你要等着我"的请求。这个"等"字真好。等而不得,怎么办?"无论你在哪里,我都要找到你",这是执着的追寻。

二〇〇九年二月二十二日于有不读斋

闲读杂览三十年

睡到两点钟醒来,接着把读了一半的《1978—2008 私人阅读史》读完。在这样凄冷宁静的初春的雨夜,合上书卷,我回想起自己的阅读经历。读书,不止三十年了。

一、一九七八年之前的阅读

一九七八年我十二岁,秋天开始读高中,知道两年高中的目标是考大学,没得多少时间读闲书。乱翻书的爱好,其实早已养成。

一九七八年之前的阅读,当然是从小人书(六十四开本连环画)开始的。看小人书有三个途径,一是自己买,二是和同学交换,三是街边上的小书摊,有人把小人书用线圈起,挂在一排排的木板上,一分钱看一本。我很小的时候就有了对书的占有欲,要看的书都自己买来,只不过那时候家里穷,要攒下一毛二或一毛五分钱买一本小人书,还是颇费一些周折的。现在我已经不能确切地知道自己到底买了多少小人书了,我十二岁离家,满满一个木箱的书留在家里,等我后来意识到这些书的价值时,它们已经被弟弟败坏光了,估计当有二百册之谱。

小人书的内容很庞杂,男孩子喜欢看的多是战斗故事,什么《黄继光》《邱少云》《董存瑞》《特级英雄杨根思》之类;还有一些是由小说改编的,《钢铁是怎样炼成的》《牛虻》,高尔基的《童年》《在人间》《我的大学》,都是先看的小人书,后来才看到小说;《三国演义》《红楼梦》《西游记》《水浒传》当然都有,《岳飞传》《杨家将》也有,更多的是电影画面剪辑的连环画,权当看了电影。

　　稍微大一点之后,就不满足于读图了,想读文字书。上初中的那两年,弄过好些小说来看,《闪闪的红星》《小闯》《小英雄雨来》《两个小八路》《红雨》《长长的流水》《剑》《南国烽烟》《在大革命的洪流中》,这些都是我买过的,所以书名至今记得很清楚,作者的名字倒是很模糊;《较量》《金光大道》《艳阳天》看过,没买;《铁道游击队》《红岩》《林海雪原》倒是一直想买而未得,也只是借来看了。不记得是七六还是七七年,一个同学告诉我,他有两本"黄色小说",是他哥哥早些年偷的,问我想不想看。那个时候只听得传说中有手抄本,都是早些年知青遗留下的,可是我一本也没见过。还说手抄本里有一种"黄色小说"叫《少女之心》,"很那个"。到底"那个"是怎么样的"黄"法,我也不知道。所以一听说有"黄色小说",不免好奇。同学交代一定要藏好,不能让大人知道,当然更不能让他哥哥知道。于是我紧张兮兮地把两本"黄色小说"藏在枕头套里,糊里糊涂地读过一遍,人家催得急,读完就赶紧还了,也不知道究竟这"黄色小说"是怎么一个标准,也没看到有什么"很那个"的段落;一本是《青春之歌》,一本是《简·爱》。

　　一九七八年的春天,我还在读初二,有两件大事,影响了我生活的方向。一是徐迟的报告文学《哥德巴赫猜想》发表,二是报纸上大量的对中国科技大学少年班学生的介绍。我母亲是小学数学老师，我上学以来，数学成绩还算不错，但对数学也并无特别的爱好。读了《哥德巴赫猜想》，看了报纸上介绍的少年大学生的情况，看到与自己同龄的宁铂、谢彦波已经上了大学，我突然决定，我要学数学。我非常认真地给宁铂写了一封信，说明自己对上大学的向往，希望他能介绍学习方法之类。当然没有回信。

读高中的那两年，没有多少时间看小说，一来目标很明确，要考大学，二来想学数学，还被选拔到"数学竞赛训练班"，每周有两个晚上参加专门的竞赛训练。那是一件很得意的事，宜春市几所中学选出的（记得好像是）二十五人，集中在一起强化训练，当然课外用来做数学题的时间就更多了。两年里自己花钱买了一部《三国演义》和蔡东藩的几种历史演义。印象最深的，是在叔叔家里见到一本《茶花女》，一个下午没挪窝，在叔叔家看完才回校上晚自习。

二、寻找阅读方向

由于思想的波动，没有考上自己理想的大学，被录取到师专的数学专业，那是一九八〇年九月了。父亲尚未平反，以戴罪之身还在北京上访，我知道自己政审合格能上大学已经是侥幸了，将来的出路无非是一名农村中学的数学教师。当时的想法很简单，教几个农村娃娃分解因式、解个方程、证个三角形全等之类，我觉得随便怎么也能对付，罢了，且趁这个机会看看小说。于是，一头扎进了学校的图书馆里。

起初是什么好玩借什么读，三言二拍、唐宋传奇、今古奇观之类的白话小说，虽然有删去若干字的方格，到底还是保留了一些见所未见的描写，那对一个十四岁的少年，太有吸引力了，好奇得很。《少年维特之烦恼》《新爱罗绮思》等,借到什么就读什么。读《马克思传》也只关心他和燕妮的恋爱。最震惊的是读《三仲马》和《忏悔录》,对前者,是震惊于大小仲马父子不断的艳遇,对"腐朽糜烂的资产阶级生活方式"充满了好奇和幻想;对后者,是震惊于作者的坦诚,觉得一个人真的可以这样诚实吗? 可以把自己内心最阴暗的思想也暴露无遗吗?

有一年暑假,借了三部书回家看,一本《俊友》、一本《红与黑》和一套唐弢主编的《中国现代文学史》三卷本。我第一次开始做读书卡片,仔仔细细把现代文学史理了一遍,自己的阅读兴趣慢慢聚集到中国现代文学这个部分来。于是,顺着文学史的脉络,开始有计划地按照鲁郭茅巴老曹这样的路数读书。那时候沈从文和张爱玲都还没有出土,中国作家里我最终痴迷于鲁、沈、张三家,那是后话了。倒是听说有《围城》这么一本书,可是我在师专图书馆排了三年队也没遇上,直到一九九○年我才买到《围城》,开始把钱杨夫妇的著作搜了一个大概齐,这就更是后话了。

读中国现代文学的同时,也还在读外国小说。我利用师专图书馆把自己知道点名字的作家作品都借来翻了翻,托尔斯泰、契诃夫、陀思妥耶夫斯基、屠格涅夫、左拉、莫泊桑、巴尔扎克、雨果、司汤达、福楼拜、罗曼·罗兰、狄更斯、简·奥斯汀、勃朗特姐妹、梅里美、海明威、歌德、莎士比亚、川端康成、夏目漱石等等,一通乱灌,塞了满脑子杂碎。

还有几部和数学有关的著作不得不提,也是我认真读过,且很喜欢的:克莱因的《古今数学思想》四卷本,《世界数学史简编》(梁宗钜编著)和李约瑟的《中国古代科技史》。我后来买了一套《古今数学思想》收藏,《世界数学史简编》我至今没有买到,前不久在俞晓群先生的博客看到他回忆梁先生的文章,让我又想起这部给我留下深刻印象的著作,《中国古代科技史》的数学卷,我用了暑假近一个月的时间,抄了一遍,可惜那个手抄本,现在竟不见了。

三、需要补课

我一九八三年从师专毕业,到了分宜铁中,任教初中数学。业余开始写散文,对文学的爱好当然一如既往。那个年头,文学青年大概是最时髦的上进青年的代表。现在已经记不得什么书是哪一年读到的,只说印象深的,有路遥的《人生》《平凡的世界》,郑义的《老井》,贾平凹的《浮躁》,张贤亮的《绿化树》《男人的一半是女人》,戴厚英的《人啊,人!》,古华的《芙蓉镇》,阿城的《棋王》,还有《蹉跎岁月》《我的遥远的清平湾》《北方的河》《本次列车终点》这些东西,那是一个大家同读一本书的年代,是文学还没有失去轰动效应的年代。

后来,中国现代文学史上的边缘作家开始解禁,施蛰存、梁实秋、徐志摩、陈源、郁达夫、沈从文、张爱玲、钱锺书的小说、散文开始重印,胡适、周作人的东西也可以见到了,于是我又放下当代作家的小说,开始补现代文学的课。这样就又喜欢上了孙犁"文革"后的小册子和汪曾祺的小说。孙犁的小册子起初一年一本,我找到几种,后来由山东画报社收了归齐,编为"耕堂劫后十种",又买了一套。

我的补课还有两个方面。一是长期以来只读小说和散文,对诗歌和古典文学都一无所知。同事里有一位语文老师,论学历不过是高中毕业,说起话来转文拿调的,时不时引用几句诗词之类,对我的刺激很大。我去买来《唐诗三百首》《元曲选注》,还买了一套《全宋词》,暗地里狠狠背了一阵,新诗和外国诗也弄了好些种来读了。到底不是童子功，也许是对诗歌本就不懂，兴趣也不大，我至今全须全尾能背出的新诗大概只有卞之琳的《断章》那四句，全须全尾能背出的外国诗大概只有裴多菲的"生命诚可贵……"那四句。然后是自己读《论语》《孟子》《中庸》之类，后来还见到一巨册《二十二子》，买来读了一些，功夫不到，没有读通；明清笔记也胡乱翻了一些。

另一个要补的课是思想启蒙。八十年代是一个新启蒙的时代，新一轮的西风东渐，让我们这种处在社会最底层的小知识分子也沐浴到欧风美雨，开始关心和思考关乎民主、自由这样的宏大主题，还有一些莫名其妙的形而上的问题，我现在想来都觉得匪夷所思，我竟然读过黑格尔的《美学》《小逻辑》，读过伏尔泰的《哲学通信》，读过恩格斯的《反杜林论》和《自然辩证法》，读过列宁的《国家与革命》，还有《人论》《自我论》《情爱论》《首脑论》《性格组合论》，还有弗洛伊德、弗洛姆、马斯洛的心理学，还有《二十世纪西方现代社会学》和《社会心理学》《变态心理学》，以及几种《教育心理学》，还有《美的历程》。

其实，整个八十年代，对个人影响最大的书，应该算巴金的《随想录》和《傅雷家书》。

这就要说到三联书店的书了。"文化生活译丛"和"读书文丛"，包括其后的"三联经典文库"。那些三十二开本的小书，是我八九十年代的主要读物，《宽容》《异端的权利》《人类群星闪耀时》《一间自己的屋子》《伊利亚随笔》等等。

四、读书兴趣的转向

九十年代后，再没有了此前十年那样一波一波的思潮，也不再有大家为同一本书激动的日子，读书开始真正成为更私人化的活动。一部书的出现,改变了阅读兴趣,读书的目标开始转向,心也就随之退守书斋了:那就是叶灵凤的《读书随笔》。读书和买书多了之后,都有一个存书的问题,往大了说叫藏书,必然就爱上了书话类的书籍,也就是"关于书的书",读过唐弢的《晦庵书话》,对书话的认识就更清楚些。这样就有了黄裳、姜德明的书话类作品进了我的书房。其实中国藏书家的书话都是一个路数,国外的同类书倒是别有可爱,像《聚书之乐》《藏书之爱》《书痴的爱情事件》之类,"关于书的书"里最令人感动的,还数《查令十字街 84 号》。

还是应该说一下《读书》。从八十年代开始读书的知识分子,没有不受到《读书》影响的。我是从《读书》里第一次读到张中行先生和杨绛先生的作品。杨绛先生的作品我前面说到过,我应该算一"杨迷",我把她的著作和译著都买来,《干校六记》和《洗澡》还不止一种版本,各读了好些遍。张中行先生的作品,我最先见到的是《留梦集》,然后是《月旦集》《横议集》,"负暄"三话久觅不得,就买了各种选集本,直到最后的《顺生论》和《流年碎影》。我一直思考张先生的著作对我的影响究竟是什么,前几天看到刘德水先生纪念行公逝世三周年的文章里一句话,突然明白了,就是这个:"对专制制度的深恶痛绝,对美好情感的渴望,都影响着我们的处世方式。"

其实,九十年代读过的一些小说也值得提一下。中国小说里《白鹿原》《废都》《活着》《许三观卖血记》《南渡记》,外国小说里《查泰莱夫人的情人》《小世界》《洛丽塔》《百年孤独》《绿房子》《变形记》《动物庄园》《一九八四》《中午的黑暗》,还有米兰·昆德拉的作品。

更多的时候是在反思,读《思痛录》《牛棚杂忆》《人生败笔》这一类的东西,直到把阅读的视野转移到对民国自由知识分子的观照上来。

倒是新世纪以来,读过的书里能留下印象的似乎越来越少了,除了查建英的《八十年代访谈录》让我激动,剩下的就是玩儿了。《珠还记幸》(黄裳)和《今朝风日好》《绝色》(董桥),那都是玩个雅趣。

五、求趣和养气

总的来说,我是个读书很少,兴趣也很偏狭的人,只是好玩,不思考问题,是一个全凭兴趣不求学问的普通读者,稍微读来吃力一点的东西都不太涉猎。三十年来这样一通乱读,自己的定位是"读书只缘养气质,问学岂为稻粱谋"。按说读这么些书,学问也是"可以有"的,可是"真没有",只是觉得读点自己感兴趣的书,躲在夜晚的书斋里,可以免去许多烦恼,与清雅世界保有一点联系,与日益世俗和功利的社会多少还有一点界限,也算得是一种安慰。我如果也像《私人阅读史》里各位书界名流那样列一个三十年三十本书的书目,人家怕是要笑倒呢。管自己好玩,别人爱笑不笑,就不去理会了。

二〇〇九年二月二十八日于有不读斋

补注:

《1978—2008 私人阅读史》胡洪侠,张清主编,深圳报业集团出版社二〇〇九年一月版,首印三千册限量编号本之第二〇四五号。

书事三章

一

捡起看了一半的《周作人俞平伯往来通信集》读下去,觉得书后的人名索引真是编得好,为读者解决了许多疑难。看人家的私信最怕遇到一些别名诨号,通信者相互熟悉,有时候写得来寻开心的,外人读得不知所指,就很没有味道了。比如称废名为常出屋,称钱玄同为老爹,这是只在通信里才读到的,我在别的书上就没见过;当然我所见有限,不作准的。说到通信集里的注,本书的办法似更好些。凡例说,本通信集中的异体字,如"出板(版)""起原(源)""阁(搁)浅""多馀(余)""泡(炮)制"等,一律保持原貌。有些我们能了解,如"斯掉"是"撕掉","蒲陶"或"蒲桃"是"葡萄","景印"是"影印",有些做了脚注,如"它足"即"蛇足",所以读起来并没有觉得不顺。先前读姜德明先生编的《孙犁书札》,看到他就不是这样处理的,而是对孙犁书札中的异体字未注而径改。好在这本《孙犁书札》开本阔大,排印的书札与影印的原件在同一页面,读者可自行对照。我想,要是把《孙犁书札》单出一个排印本,或者纳入文集,不能全附影印的原件,这样的做法就有失原貌了。

以前看周作人的照相，觉得老僧入定一般，颇为古板，不像大先生那样调皮有生趣，这一回看看书信里的两处落款，如一四九页"十九年九月二十九日惜非九时"、五二页"岂明白（二字可连读）"，体会周氏兄弟到底是一家，骨子里的性情还是蛮像的。

记得余斌在《当年文事》后记里说，他的关于张爱玲和周作人的文章都分入了新版的《张爱玲传》和待编的《杂说周作人》，前几天突然想起，于是在网上搜一下，见有新印的《张爱玲传》和《周作人》，就一起买了回来。余斌的《张爱玲传》我在二十多年前看过初版本，它使我对余斌的文字相当的喜欢，还把《字里行间》带到南京去求了一个签名。上个月雷鸣兄在书店里偶遇余斌先生，知道我有所好，又谋得一本《提前怀旧》的签名本给我，真是很开心的事。

同时买的还有理洴兄的《猎书记》，也是想要学其短的意思，虽然明知道学不会。《与书为徒》是我用《学步集》换来的，当时即与理洴兄说这样子摆明了要占人便宜的事情讲得来很不好意思，《猎书记》当然不能再向人家要了，只是这样就又少了一个收得一册签名本的机会，想想还是蛮觉得可惜的。我看到许多朋友大费周章地把书寄过来寄过去，谋求作者的签名，真是羡慕人家的雅兴，周俞通信里也多有为谁谁写个字什么的，这本来也是一个好玩的事。我是一个怕麻烦的人，签名本之类多是随缘而得的，没有刻意追求。有一次给俞晓群先生发个纸条说我有他的哪几种著作，想请他题写个签条贴在书上，也可省得书寄来寄去的麻烦，俞先生很爽快地就答应了，可是他一忙就把这事全忘了，结果我空欢喜一场。所以我想其实把书寄去求签名是有道理的，不过我到底还是不愿意搞这样的麻烦。

二

读完印刻版的《半生书缘》之后又看到三联版的新书，自然拿来比对一下：三联版新增了一篇刘心武的序，把有关刘宾雁的两篇删去自在意料之中。

《家国万里》是中华书局新版的李怀宇著口述历史，副题为"访问旅美十二学人"，先前的台北允晨版书题为《知人论世》，我没有见过。李怀宇写的访谈录我读过《访问历史》和《知识人》，这一本书里的访问对象是余英时、张灏、唐德刚、夏志清、张充和、孙康宜、赵如兰、林同奇、董鼎山、王鼎钧、巫宁坤等。只这一份名单就够有吸引力了。夏志清说他从来不看武侠小说，"我觉得好玩就去看电影，看武侠小说，no time。侦探小说和武侠小说我一概不看，现代通俗小说我都不看"。我以前听人家谈论武侠小说，从来都插不上话，也说不出是什么原因，当然不会是夏志清先生所谓的"no time"，我对武侠小说向无兴趣，除了小时候没书看的年月里看过《三侠五义》，连鼎鼎大名的金庸的小说也从没有翻过，然而休息的时候看电影，我却喜欢看功夫片。兴趣是个没道理的东西。

《天涯晚笛》也是口述历史，是苏炜写的"听张充和讲故事"。读过《古色今香》和《曲人鸿爪》的读者一定都会想读这一本故事，"时代风涛的笙曲管弦，传统文化的绝代风华"，张充和真是迷倒众生的"民国范"的绝代佳人。

收到雨兰女史的《低音》和夏春锦兄寄来的《梧桐影》。《梧桐影》里刊了三则"有不读斋札记"。

三

乱翻书的结果是常常把事情弄串了。上班的时候因为不愿意把书带来带去的,我就在家里重读余斌的《张爱玲传》,在办公室则读周志文的回忆散文,周志文与张爱玲的家境虽然差异很大,可是他们童年时候寄人篱下的心理体验有许多相通之处,我读着读着会把两个人叠印在一起,这真是一种奇怪的阅读印象。此前读王鼎钧的回忆录,只读完了前两部就放下了,心里颇失望,单就可读性而言,比周志文差太远了。

周志文的回忆文集我是先见到《记忆之塔》(北京三联书店二〇一三年四月版),然后又找来《家族合照》(广西师大出版社二〇一三年五月版)与《同学少年》(INK 印刻文学生活杂志出版有限公司二〇〇九年一月版)的。《记忆之塔》的自序里说:"这本《记忆之塔》写的是我从成长到年老,至今虽'告老'而无家可'还'的窘状,其中所呈现台湾社会的面相较多,又有愤疾之情,评语也较沉重。"我也年岁渐长,近来对个人回忆越发感兴趣,搜罗了好些这一类的图书来翻翻。因为在中学里几十年,对中学教育的有关问题多有兴趣,故而对港台人士回忆他们的教育经历的文字,多了一分好奇的关注。作者说"这本《记忆之塔》对台湾的教育与社会作了很严格的批评,枪火四射,也可能伤及无辜"。又说台湾文化来自大陆,厉言既出,当然也可能伤及大陆,这样的书要在大陆出版,自当例行删节。我读完全书也并未见到有什么"厉言",想来当是被删也未可知。所以我看到当当网有印刻版的《同学少年》时,就随手下单拿下了。

一边读着作者的回忆一边也会回忆自己的学生时代。如果自己做学生的时候也有过一个时代的话,我的时代与他的时代,不只是时间的间隔,还有空间的隔断。不过他在宜兰的眷村度过的小学时光,与我在温汤村小里的日子,差别倒也不大。而作者笔下一九五〇年代由几位热心校友复校的东吴大学,却颇出我意外。校地蹇迫,校舍粗陋,到一九六一年作者入学之时,中文系也只有一位专任教授,连中文系的主任都是兼任教授,"课程开得不清不楚,教书的老师一个个精神涣散,上课既不准备,下课也无作业,走上台来,总是胡扯一通"。兼任教师们"有的没有学问,有的缺乏良心,也有两者兼缺,再加上几个愤世嫉俗的人在里面搅和,弄得一片昏天暗地"。亏得周志文先生未被污染,竟从这样的学校里顺利毕业。也难怪后来与他同班邻桌的章孝慈同学做了东吴校长,请他回去为母校服务,也被敬谢不敏。

比较起来,《家族合照》和《同学少年》里的文章我更感兴趣,因为我觉得以周志文少年时光那样的经历,要对世俗社会保持一个平常心态,殊非易事。《小镇书店》里一段描写,很能反映被边缘化的零馀少年心理:"在书店看书要遵守一定的规矩,首先要自爱,不要阻碍书店做生意,不可'霸'着位子,看书不可折页,要让整本书看完仍能保持新书的样子,这本事很难,但不时锻炼,也可以做到。还有个心理因素要克服,就是明明买不起,却也不要让人觉得自己在'白'看他们的书,所以看同样一本书的时间不能拖久,当然最好也不要站在同一位置看。看'正书'之前,要装模作样先翻翻其他杂志,再翻翻其他畅销书,最后把自己想要看的书抽出看上几页,走的时候,再摸摸其他的书,一副无辜的样子,这样几周下来,神不知鬼不觉,就可以看完一本世界名著了。有时还要养成同时能看两三部书的本事,不要老抱着一本书不放,这就更像在随意翻阅的样子了。然而这样忽冷忽热,一下高潮一下低潮,不同的故事不同的人物杂凑在一块,把阅读的线条弄得乱七八糟的,读起来不舒服,至少不很畅快,但这些伪装是权宜之计,是不得已的。"周志文四岁时候就死了父亲,有同父同母的姐妹各一,有同母异父的两个姐姐,与不识字的母亲这一大家子跟着当兵的二姐夫溃逃台湾,在宜兰乡下的眷村落下脚来也才八九岁光景,又要自救,又要自爱,艰难的生存里有人多的伪装和权宜之计。连托尔斯泰的《安娜·卡列尼娜》《战争与和平》《复活》,屠格涅夫的《父与子》《初恋》,罗曼·罗兰的《约翰·克里斯多夫》《巴尔扎克传》《贝多芬传》,简·奥斯汀的《傲慢与偏见》,狄更斯的《双城记》,雷马克的《西线无战事》与《凯旋门》这样的大部头,都是在书店里这样站着读完的,其坚韧和自觉真是令人佩服。少年周志文正是凭着对古今中外经典的广泛涉猎,才抵御住了饥饿、孤独、浅陋、边缘,偶尔也变得幽默,这种"文化人的养成过程",会对读者形成一种观照,我一路读来,时时会有会心和感动。张瑞芬说周志文的《同学少年》神似沈从文或萧红,又有侯孝贤电影的特质,简直是二十一世纪台湾后山版的《呼兰河传》。

二○一三年九月六日于有不读斋

读鲁迅

一

我读的第一本鲁迅著作是《鲁迅杂文书信选》。

一九七八年的春天,我在温汤五七中学读初二。"文革"之后的第一次高考已经考过了,我们也得到了可以报考宜春一中高中部的通知,我娘开始关心起我的学习成绩。我的成绩在温汤五七中学的初二,一直是第二名,可是这个成绩能不能考上宜春一中的高中,谁也说不准。课外没有什么作业,我放学之后的多数时间是在看小人书。小人书看烦了,开始找小说读,读的当然是《小闯》《小英雄雨来》《红雨》《闪闪的红星》这些儿童文学,偷偷地翻过一下《青春之歌》,也没觉得有什么好看,还买了《在大革命的洪流中》和《南国烽烟》的上册,也都看完了。《金光大道》和《艳阳天》太贵了,买不起,反正也看过电影。我娘不反对我看小说,只是觉得看这样的书作用不大。

要考的几门功课,数学是没问题的,政治只要背熟老师讲的党的十一次路线斗争的意义什么的,也不会有问题,语文是个不稳定因素,物理和农基是最薄弱的环节。我对物理不太有兴趣,对物理老师也有点反感,而我娘觉得很有必要对物理课多一点复习,于是请物理老师出了几份试卷,让我课外的时间做一做。

我大约是无可无不可地应付一下,所以我记得也就做了两三回,不了了之。我清楚地记得,有一张卷子从老师那里批回来,卷头上很显眼的一个七十八分,卷尾上还用红笔批了四个大字:粗枝大叶。

有一天我娘带回来一份物理卷子的同时,还带回来一本书,说是从邹老师那里借的,给我看看。是一本一九七三年印的《鲁迅杂文书信选》,还是内部资料。邹老师就是物理老师,我不喜欢,从他那里借来的书,我也不太有兴趣。

那一本《鲁迅杂文书信选》,我只随便翻了翻,没有细看,所以没有什么印象。以我当时的阅读能力,就算认真读也不能懂。这些年逛旧书摊,很想淘回一本来再看看,但是没有遇见品相好的。倒是收到两本"青年自学丛书"里的《鲁迅杂文选》和《鲁迅书信选》,无由对比,也不知道与《鲁迅杂文书信选》是否即一分为二。姜德明的文章中提到他编《鲁迅杂文书信选》及其续编的工作,说是那个年代取消了稿酬制度,作者给人民日报投稿,他们觉得无以为报,就编了这两本书作为内部资料赠送给投稿的作者,权当稿酬。

我的中学读的是二二制,语文课本容量不大,更不像现在的中学语文除了课本还有读本,所以我记得《阿Q正传》《祝福》这样的小说,肯定是课本里没有的,《狂人日记》应该也没有吧,《孔乙己》好像是有的,也许是在高中的课文里学的。印象深的是《"丧家的"资本家的乏走狗》《纪念刘和珍君》《为了忘却的记念》这些篇,和《自题小像》等几首诗。

我只觉得《"丧家的"资本家的乏走狗》好玩。鲁迅骂人真是刁钻古怪,曲里拐弯,刻毒得很,一个引号都足以杀人。其他的文章好在哪里,确实不懂。

一九八○年秋天，我上了师专。我年纪太小，怨天尤人，心灰意冷，也无人开导，本来就不愿上这个学校，学的还是数学，后半辈子几乎看得见：不就是回到农村的初中教人家孩子解方程吗？不必费神学什么新东西，于是就一头扎进了图书馆里。纵然是师专的图书馆，那里面也都是我这样的农村孩子闻所未闻的图书，那个好奇和兴奋，真是难以抑制。可是我现在回想，有一个事倒是奇怪：我在师专上学三年，最先想读的书，并不是鲁迅的著作。

起先是读明清小说，后来是读外国小说，直到一九八二年的暑假，从图书馆里借来一套唐弢主编的《中国现代文学史》，把这套书仔仔细细读完，这才回过神来，觉得那样漫无边际地乱翻书，实在没有什么效果。当然，话又说回来，三十多年来，我仍然是这样漫无边际地乱翻书，一直也没有翻出个什么效果来。那个时候年纪小，还残存了一点上进心，觉得一个人大约应该按照一个什么规矩来好好学习，才算得是上进青年吧。专业上没有上进，乱翻书又没有上进，岂不是就荒废了光阴？那个年代引用率最高的一句名言是奥斯特洛夫斯基说的那句"人的一生应该这样度过……"不是这样度过的，都不是什么好人。所以就想起来，还是要有一个读书的计划。按照什么样的路子来读呢？比较牢靠的当然还是文学史的路数：鲁郭茅，巴老曹……

可是，留给我能在师专的图书馆里借到书的时间也不多了，还有那么些人和书想要了解，也就只好先翻小说了。《狂人日记》《阿 Q 正传》《伤逝》《祝福》之类，自以为是看懂了，有些小说是真不懂。看得云里雾里，觉得不比那些"革命＋恋爱"的好看。不懂就不看，杂文也没看多少，只知道一点：鲁迅的对头可不是一个两个，真是一大伙，梁实秋、陈西滢、高长虹、叶灵凤、施蛰存、邵洵美，都被他骂了个狗血淋头，还有什么"四条汉子"之类，总之，他老人家是一个都不宽恕。鲁迅的著作没读多少，这些被骂的人物，倒是在我脑子里留下很深的印象。

一九八三年的秋天，我到了分宜铁中。分宜铁路职工子弟学校，隶属南昌铁路局，名义上是中学，从学前班到初三，一共九个年级，也就四百来人，初中部的老师，拢共二十几位。学生不多，课务不重，那个时候铁路职工的待遇很不错，家长对孩子的期望不高，初中毕业能考上铁路技校，那就端上了铁老大的铁饭碗，所以老师们的压力还不是太大。我自由散漫，优哉游哉，不断地从图书室里借书刊。小说是跟着《收获》《十月》《当代》看，自己还订了《中篇小说选刊》《台港文学选刊》《读书》《随笔》这些个杂志。《人生》《老井》《浮躁》《绿化树》《北方的河》《红高粱》《平凡的世界》《男人的一半是女人》这些小说，都是那个时候读的，却始终没有想起要把鲁迅的著作找来系统地读一读。

到分宜，最重要的收获是认识了老魏。我到分宜那年十七岁，老魏三十四岁，以后我们共事十年，直到他们两口子离赣回沪，成为上海中学语文教育界的顶尖名师。三十年来，老魏始终是我的直谅多闻的良师和净友。

最初的几年，我们一直保持着几项共同的业余活动：每月看一两场译制片，周末去宜春或南昌逛书店。我有一阵痴迷上海译制厂的配音，特别是邱岳峰、尚华、毕克、乔榛、杨成纯、童自荣、李梓、苏秀、刘广宁、丁建华这一代，那才真是中国好声音，令人倾倒。老魏那个时候还在写小说。他是多面手，发表过诗歌、童话、报告文学、快板书，《伞老笃传奇》在童话报上占了一个整版呢。我才开始练笔，偶尔在路局的铁道报上发一个豆腐块的小散文。我对老魏是羡慕里加崇拜，只要知道他看什么书，一定也找来看。他教初中语文，我教数学，有几个学期我们还教的是同一个班，他任教务主任，我是学校的团总支书记兼少先队大队辅导员，我们两个在同一间办公室，每天各上一节课，其余的时间就是看报、读书，各种海聊。我们还一起创作过一个相声参加路局的职工调演，获得优秀表演奖。

老魏高一读完就到农村插队，在高中阶段作为红卫兵写写大字报之类自是不免，我发现他们这个年龄段的人对鲁迅的杂文很是欣赏到痴迷的程度。也难怪，他们在开始读书的年纪，除了红宝书，能读到的也就只有鲁迅的著作了，活学活用的除了毛选就是鲁迅杂文。他给我讲鲁迅文章的妙处。讲为什么不写"两棵枣树"，偏偏要写成"一棵是枣树，还有一棵也是枣树"，讲哪一个引号里的句子是讥刺胡适的，哪一个引号里的句子是骂陈西滢的，讲"某籍某系"的来历。我完全不知道"某籍某系"竟有这么多厉害角色。

我就想，要有一套《鲁迅全集》就好了。

老魏也常想，要有一套《鲁迅全集》就好了。

老魏说《鲁迅全集》出了十六卷精装本，但是很难买到。确实，我们常去书店，分宜、宜春、南昌，都没见到过。我在分宜书店见到几种鲁迅著作的单行本，薄薄的，白皮，封面一个鲁迅侧面浮雕头像。我怎么就没想过要买呢？只要两三毛钱一本。我问老魏怎么不买？他说不齐。这是一九七三年出版的，过去十几年了，书店不会有新的进来，你只能买这几本，永远也配不齐。他这么一说，我也就打消了要买的念头。那时候收入低，买书不重复是基本原则，买来几本，又不齐，将来再买全集，这几本就浪费了。现在回头想，当时分宜的书店柜台里摆的，大概也就三五本。我倒是还记得，与它们摆在一起的，还有一本《在其香居茶馆里》,沙汀的小说,也是白皮,薄薄的,居然没有买。

好像一定要等到《鲁迅全集》。

我们的周日去南昌逛书店,频率大约是每月一次。早晨去,玩几个小时,晚上回。一九八七年的一个周日,我已经不记得是什么月份了,兴许是三四月吧,我们头天约好,说去南昌玩玩,还叫上了孙李杨三位。那一天赶巧,上午十点多钟到书店,一进门就看到文学组柜台前挂了一个牛皮纸板,上面写了两行字:"新到《鲁迅全集》,定价七十二元。"我看看老魏,老魏也会意地看看我。那个时候说是去逛书店,其实我们每个人的袋子里也就十几二十块钱。我的工资五十来块,老魏一个月的工资也还不够一套《鲁迅全集》,平常买的书都是一两块钱一本,薄一些的几毛钱,一周买个一两本书,我一个月买书的开支,不超过十块钱。我们宜春、南昌这样两头跑,坐火车是不花钱的,中午也就是一盘炒粉或一份面条对付。虽然谁的袋子里也没有七十二元,可是那天偏巧不巧我们去了五个人。我说你买吧。我知道他一直想买,又是读鲁迅很熟的。老魏说没那么多钱。我自己成家了之后,才理解"没那么多钱"的真实含义,要动用超过一个月工资的一笔巨款,总归还是要先与老婆商量商量才妥当。我暗自盘算了一下填补超支的方案,下了决心:我买。于是把几个同伴的钱凑在一堆,连硬币也算上,买了一套《鲁迅全集》,十六卷精装书扎成一捆,我都没舍得让别人扛,沿着八一大道我一路扛到火车站。他们的钱被我搜刮一空,也没得什么好逛,只好打道回府。

二

把《鲁迅全集》从头至尾细读一遍，用了差不多一年的时间。

一半是欣喜，一半是惊异。欣喜的是，一个读书人，在自己的书桌上有一套十六卷精装的《鲁迅全集》，能够自由从容地细读一过，觉得十分满足；惊异的是，在鲁迅笔下和全集的注释里，许多人物的面貌与我心里的想象不很一致，甚至是大相径庭。这里面的是非标准，勾引起我无穷的好奇。

在我的脑海里，如果说也有一个鲁迅形象，那这个形象是来自毛泽东的评价，十分崇高伟岸："鲁迅是中国文化革命的主将，他不但是伟大的文学家，而且是伟大的思想家和伟大的革命家。鲁迅的骨头是最硬的，他没有丝毫的奴颜和媚骨，这是殖民地半殖民地人民最可宝贵的性格。鲁迅是在文化战线上，代表全民族的大多数，向着敌人冲锋陷阵的最正确、最勇敢、最坚决、最忠实、最热忱的空前的民族英雄。鲁迅的方向，就是中华民族新文化的方向。"这一段话是我读小学的时候抄毛主席语录那阵抄得很熟的，自然也就代替了自己的认识和思考，或者说，对鲁迅先生，我们不必有另外的认识和思考。《鲁迅全集》第一遍读下来，根本就没有想过文章和注释里会有什么需要思量的东西。全民抗战的时候，你梁实秋弄出个"抗战无关论"，当然，就是涣散斗志；五四新文化运动，不是要"只手打倒孔家店"吗，你施蛰存鼓吹读《庄子》，当然，是开历史的倒车；偌大的中国都摆不下一张平静的书桌了，你胡适还在劝人家多研究问题，少争论主义，居心何在呢；在女师大学潮里，鲁迅先生冲锋陷阵，痛打落水狗之时，那些个"正人君子"们还在唧唧于"某籍某系"，煽风点火，实在是别有用心。鲁迅这个"七最三伟大"的十全形象，在我的心里面扎了根，凡是鲁迅拥护的我都拥护，凡是鲁迅反对的我都反对。那些鲁迅骂过和骂过鲁迅的人，自然也就入了另册。

那个时候没有网络没有豆瓣小组，我的视野只在书店里看到的自己感兴趣的那小部分书里；在小小的县城，也没有机会接触到有相同兴趣的人，自己仿佛是一叶扁舟，孤独地在书海里打圈圈，溅不起一点浪花。海南建省之初，我和老魏、木根商量，觉得可以出去闯闯。老魏起草了一份关于发展海南教育的意见，我和木根都签了名，寄到海南。倒是还真有回音。回信说很高兴也很希望有志之士投身海南教育事业，请我们与本单位的人事部门联系商调事宜云云。老魏和木根各自回家与夫人商量。木根新婚不久，老婆是小时候定的娃娃亲，木根当兵、上大学，老婆娘家人步步紧逼，唯恐他是陈世美转世，如今居然想南下，被断然阻止。老魏的夫人与我们同事，当然知书达理也志存高远：她是七十年代后期的上海插队知青，心心念念的都是回到上海。他们熄了火，我也没有独自闯荡的胆量，这个事情自然也就不提了。几分钟热度散去，我又回到找书看的小世界里。不知是好奇还是骨子里本有的逆反，我总是想找到鲁迅的对立阵营里那些作家的作品来看看。

有一天又到县城里唯一的书店去溜达，看到柜台里摆着几本周作人散文，是岳麓书社出版的硬壳精装本，有《雨天的书》《自己的园地》《泽泻集》《夜读抄》等，心里一阵狂喜，赶紧买下。此后的一个周末，是我与老魏照例到宜春书店去站读，我买到一本百花文艺出版社的《梁实秋散文选》，宝贝一样捧在手里，一直读，在书店读，在候车室读，在车上读，到分宜的时候，快读完了。我完全忘了老魏那天买了什么，也许他什么也没买；他买书一向谨慎，基本上只买工具书，其他都是看看就算了。我第一次读到这样的散文，与以往读过的《背影》不同，与以往读过的《荔枝蜜》

不同,与以往读过的《谁是最可爱的人》之类完全不同。我只是不无失望地发现,没有选与鲁迅论战的文章。

随后,《胡适散文选》《施蛰存散文选》,那些在《鲁迅全集》的注释里出现的名字,那些在唐弢的《中国现代文学史》里出现和没出现的名字,一个一个地来到了我的小书架上。

记得是一九九〇年代初的一个五一节,几个同伴邀了一起去长沙岳麓山。是坐的夜车吧,清早到了长沙,在岳麓山上玩了一天。下山以后住下,决定第二天在城里逛一天再乘夜车返回分宜。我突然想起,岳麓书社就在长沙,我应该去看看有没有可能把只买到几种的周作人散文找齐。实际上那个时候我对周作人散文究竟有多少集子,岳麓书社是不是出齐了他的文集,一概不知。我与同伴说了我的打算,就跟他们分手了,约好到候车室会合。我费了小半天才找到岳麓书社的读者服务部,可是吃了闭门羹,问问门卫的老师傅,人家说“放假了”。我自己是“放假了”才跑出来玩的,居然根本没想到人家也一样放假了。站在湘江桥头,本来湘江北去、橘子洲头也是可以去看看的,可是失了同伴孤单一人,觉得没什么味道,只好一路折回,找新华书店消磨时间了。

长沙的新华书店,比宜春和南昌的书店要大得多,书也多得多,只是我袋子里钱数有限,书再多也只能看不敢买。我楼上楼下逛过来逛过去,也没见到想买的周作人的散文,觉得真是奇怪,湖南出的书,在湖南的省城大书店里也找不到,只好罢了。时间也差不多了,我得往候车室去与同伴集合,临出门时才看到一张小红纸上写的告示,五楼有特价书柜。心想有枣没枣打一竿子,又爬回到五楼。果然,五楼中间摆了两个大条桌,条桌上满满当当地摆了特价处理的书,那些书都是书脊朝上挤挤挨挨竖着的,要顺着书脊上小小的书名找书,很费事。找了一圈,没有收获,再找一圈,看到几本薄薄的小三十二开的小册子,书名基本看不清,我抽出来一看,是杨绛先生的《回忆两篇》,"骆驼丛书"之一,定价四角六分,半价,只要两角二分钱。我挑挑拣拣,买了两本。回到候车室,同伴都到了,正准备进站上车了。我顺手送一本给了文兄。

上了火车,几个人凑一起打牌,我在一边读《回忆两篇》。几十页的小书,一会儿就读完了。合起书本默一会神,又重读一遍。那时候从长沙到分宜的火车,大约要走六七个小时吧,我现在也记不确切了,我一路上除了睡着的时间,全在读这本小书,反反复复,觉得杨绛先生的姑姑杨荫榆,与鲁迅笔下的巫婆一般的女师大附中的杨校长,完全不是一个人。这一本小书,使我对自己认识和理解的鲁迅,起了疑问。我觉得,可以有另一个杨荫榆,也一定还有另一个鲁迅,也许是被遮蔽,也许是被曲解,也许是被误解。这个鲁迅在哪里?我无由知道。我唯一的办法,只有重读《鲁迅全集》。

三

这么些年来,我读过几遍《鲁迅全集》,自己也记不确切了。有时候是从第一卷开始,逐卷地读一遍,有时候是抽出几卷来读一读,当然也还有一些时候,是读从旧书摊上淘访回来的单行本。有一阵迷上了书信和日记,就把《鲁迅全集》里的书信卷和日记卷抽出来再读。和鲁迅相关的书籍,也读了不少,其中与鲁迅关系最为紧密的当然是周作人,于是把三十多册周作人自编文集也读了个遍,特别是《知堂回想录》和周作人与俞平伯等几位的往来书信,读得兴味盎然。读过六七种鲁迅和周作人的传记,也读过一些研究类的专著。有一个时期,突然又冒出来一股贬低鲁迅的风潮,有说鲁迅只知破坏不如胡适懂得建设高明的,有说鲁迅心胸狭窄睚眦必报不如胡适主张容忍比自由更重要的,有说鲁迅横眉怒目不如周作人平淡冲和雅致的。有人还说,少不读鲁迅。可是我到底也不算老,鲁迅也读过好些遍了,就算中毒,也毒害深重,无由自救了,只好也就由他去吧,管别人如何说法,我还由着我的兴致,想读鲁迅的时候,照读不误。

都说书信和日记,颇能反映一个人的本真。我在鲁迅的书信和日记里,看到一个率直顽皮的鲁迅,这是我感到最有兴趣的部分。在《两地书》里就有他夜半不去楼下的厕所而把夜壶从窗户直接倒下楼去的记录:"这里颇多小蛇,常见被打死着,颚部多不膨大,大抵是没有什么毒的,但到天暗,我便不到草地上走,连夜间小解也不下楼去了,就用磁的唾壶装着,看夜半无人时,即从窗口泼下去。这虽然近于无赖,但学校的设备如此不完全,我也只得如此。"鲁迅还喜欢给人取外号。鼻子红红的先生,他就叫人家"鼻公",在《两地书》里,"鼻公"常常被挖苦。章川岛的发型别致,鲁迅给他取名"一撮毛哥哥",一九二三年川岛新婚宴尔,鲁迅要把《中国小说史略》赠他,并在扉页题写了一段话:"请你暂时从情人的怀抱里,抽出一只手来,接受我这枯燥无味的《中国小说史略》,我的一撮毛哥哥啊。"我觉得鲁迅是个温情的人,特别是对自己的二弟,学问相当,志趣相投,他们有过一个很长的兄弟怡怡的相互合作阶段。在鲁迅的日记里,我特意查对兄弟二人的往来通信,在一九一九年到一九二一年的三年间,就有三百九十二次之多。即使在兄弟失和之后,鲁迅也一直关注周作人的创作,在鲁迅的日记里,多有购买周作人作品的记录。晚年的周作人在回忆录里也承认,鲁迅的《伤逝》是为了纪念兄弟的情谊而作。鲁迅还有许多小闲情雅趣,爱版画,搜笺纸,自己设计书衣,对毛边书的喜爱更是到了痴迷的程度:"我喜欢毛边书,宁肯裁,光边书像没有头发的人——和尚或尼姑。"他说三面任其本然不施刀削的毛边书有 种朴素的美感。我自己到了四十多岁以后再读鲁迅,觉得鲁迅就像自家隔壁一个不断吸着卷烟的小老头一样亲切可爱。这几年,我从旧书摊上又把一九七〇年代人民文学出版社的那二十几册月白封面的鲁迅著作单行本收齐了,还收得几种鲁迅手稿的影印本,还收得一九七三年重印的一九三八年版《鲁迅全集》,后来,又购得一套鲁迅著作初版精选的毛边本,已经不是为了阅读,而纯为内心的喜爱了。我常常在自己的书房里消磨时光,如果觉得烦闷,可以抽出一册鲁迅的作品,读着读着,人就沉静下来了。鲁迅的著作,是我在俗世浊流里的一支清醒剂。

二〇一四年三月二十四日于有不读斋

影响我心智成长的十本书

一直受赠《今日阅读》，每一期上都看到这个征文启事，可是并不是每一期都有这个同题的文章，想来许多人与我有大致相同的认识：一个人的心智成长大约不是哪几本书就能影响得了的，就好比说，手臂上的肱二头肌并不是吃了某一只蹄髈的结果。我理解，编者的意图也不是要我们这样子拳脚相应，大概是说，总有那么几本书，影响了你的阅读趣味，改变了你的阅读方向，从而也就影响了你的知识结构和对人生社会的认知。可不是，你的心智就是这样成长的。所以，每一次收到《今日阅读》，我禁不住又会想一遍这个问题。这样想了许多遍，决定写下来的，就是下面这个书单。

一、《哥德巴赫猜想》，徐迟著。

一九七八年春天，我从报纸上读到这篇报告文学的时候，是初二的学生。我听说，头一年的冬天，已经恢复了高考，一九七八年的高考也会在夏天进行；我还听说，县里的一中要向农村的学校招高中生，也就是我读完初二之后，可以报名参加全县统一的招生考试，成绩好的话，就可以在一中读高中了。这当然是个机会,这是十多年来农村的学生都没有过的机会。

我和几个要好的同学,拿着报纸认真地读了这个故事。哥德巴赫猜想或者什么1+1之类,我们当然是不懂的,但我们至少知道了,数学是一门很神奇的科学。大约就在这不久之后,我们又从报纸上看到中国科技大学少年班的故事,那些与我们同龄的少年大学生,无一例外都是数学成绩很好的,这就更让我感觉到,学好数学会有多么大的作用。此后的几十年,我的工作都没有离开过数学,应该说,我十二岁的时候读到徐迟的报告文学《哥德巴赫猜想》,起到了很重要的引领作用。

二、《德伯家的苔丝》,哈代著。

在初中毕业之前,我读过的书是那个年代的少年都读的"小人书",自己有的很少的几本小说,也是儿童小说,《小闯》《小英雄雨来》《闪闪的红星》之类,唯一读过的外国小说是一本《隐身人》。我记得是读师专时的某一个假期,通过温汤中学的周小平老师在工人疗养院的图书室里借到一本《德伯家的苔丝》。借出之前根本不知道这是一本什么书,是很盲目的,大约也是实在没有书读,借到什么算什么。读过之后,又欣喜,又兴奋。我现在回想,那一个假期这本书一定读过两遍。一个十五六岁的山村男孩,在一九八〇年代初,冷不丁读到一本这样的书,心里真是各种新奇。我之后去师专图书馆里借外国小说,先要找的就是《红与黑》《包法利夫人》《俊友》《安娜·卡列尼娜》这些。此无他,好奇也。如果我说,那是一个农村少年的性启蒙,你一定会觉得奇怪,可是,确实。

三、《中国现代文学史》,唐弢著。

我一九八〇年上了师专,学的是数学专业,课余的多数时间是在图书馆里找小说看。起先是乱看的,因为借小说的人多,撞上什么是什么,并不都能做到想看什么借什么。再说,想看什么,我自己也不是很清楚。我还记得我借的第一本外国小说是《温莎的风流娘儿们》,看到作者是莎士比亚,我也并不知道要借《哈姆莱特》或者《李尔王》,因为我压根就不知道有什么《哈姆莱特》或者《李尔王》之类,碰巧看到借书卡上有《温莎的风流娘儿们》,看着书名,望文生义,就这么借来看了。有时候是打听,看看别人读什么,多数时候是顺藤摸瓜。可是瞎猫逮死耗子式的找书的办法也不是个事,于是就向人请教,问问人家学中文的读什么书,读书是个什么路数。人家说,你先看一下文学史,史有定评的肯定是好书啊。这倒是个办法,于是就借来这一套唐弢的《中国现代文学史》,用了一个暑假的时间,仔细读了一遍,还做了好些个读书卡片。从那以后,我有很长一段时间都是按照现代文学史的指引来读书的,慢慢地自己的阅读兴趣也聚集到中国现代文学这一块。

四、《古今数学思想》(四卷),M.克莱因著,上海科学技术出版社一九七九年十月第一版,一九八二年三月第二次印刷。

一九八二年十一月十六日,我买到了这一套四卷《古今数学思想》。我究竟是一名数学专业的学生,当我读完这一套书的时候,心里有一种很踏实的感觉。这是数学史方面的名著,全面地论述了近代数学大部分分支的历史发展,它着重在论述数学思想的古往今来,而不是单纯的史料传记,努力说明数学的意义是什么,各门数学之间以及数学与其他自然科学,尤其是与力学、物理学的关系是怎样的,作者对一些重要数学分支的历史发展,对一些著名数学家的评论,都有独到的见解,读来引人入胜,是数学爱好者的入门书和必读书。我读完这部书之后,对数学思想的来源和发展有了一个较为清晰的认识,对科学精神也有一个了解和认识。

五、《傅雷家书》,北京三联书店一九八一年一月第一版,一九八三年六月第三次印刷。

一九八四年十二月六日买到的这本书,我读了很多遍。我刚刚十八岁,已经在中学里做老师,当然还没有想过要怎样做父亲这个问题。其实自己还是个孩子,可是也确实在想应该怎样做一名好老师,如何引导学生向上向善。一方面读《傅雷家书》,仿佛是有一位好父亲在身边谆谆教导;一方面还羡慕傅聪,即使在异国他乡,也还是有这样一位称职尽责的父亲从各方面对自己给予指导。傅雷说他要做儿子的手杖,做一面忠实的镜子,不论在做人方面,生活细节方面,还是艺术修养方面,都给以警醒,使儿子知道国家的荣辱、艺术的尊严,能够用严肃的态度对待一切。

我很喜欢这本书,把它当作一部人生的教科书多次重读,后来还买了精装增订本。

六、《鲁迅全集》,人民文学出版社一九八一年第一版,一九八七年第三次印刷。

十六卷精装,七十二元,这是我当时一个半月工资的定价。是有一次周末我们几个朋友照例去南昌逛书店时碰上的,凑了五个人身上的钱才够买这一套书。

这套《鲁迅全集》有详尽的注释,现在回头看,注释里的一些说法未免荒唐,特别是对胡适、梁实秋、陈源、杨荫榆等先生的评价,失之偏颇,但仍不影响其为一部好书。我之热爱鲁迅,熟读鲁迅,从这开始。近三十年来,我多次完整地重读《鲁迅全集》或选读其中的几卷。不时重读鲁迅,是我读书的一个特别嗜好,其对"我的心智成长"的影响,自不待言。这些年来,我还从旧书摊上淘回一套一九七〇年代初出版的鲁迅著作单行本二十四册,还购藏了一套鲁迅著作初版本精选毛边本,这都是我热爱鲁迅著作的一种表现。

七、《随想录》,巴金著,北京三联书店一九八七年八月第一版第一次印刷。

扉页上记录的购书日期是一九八八年四月三日。叶雨(范用)装帧设计的精装合订本,定价八元八角,是我一个月工资的六分之一。

这本书让我这个出生于一九六六年的人对"文革"有一个较为完整的认识。我自己也是"文革"受害者。我的父亲一九七五年被开除党籍之后,我经受过一个较长时间的遭人白眼受人欺侮的日子,小小的心灵蒙受了巨大的阴影。我一直想知道人性之恶来自何处。是生来固有的吗?是教育使然?时势使然?抑或另有缘故?

八、《读书随笔》(三卷),叶灵凤著,北京三联书店一九八八年一月第一版第一次印刷。

这一套书是一九八八年九月十一日买的。买来的时候并不懂得它的好处，只是因为读鲁迅，留下一个"唇红齿白叶灵凤"的印象，在书店里见到这套书，作者是叶灵凤，不免好奇，就买来了。

现在不必说了，"爱书人"言必称叶灵凤。书话一休，形成文体，提升到理论的层面，似乎发轫于唐弢的"四个一点"，可是有藏书癖好的爱书人，没有不读不知《读书随笔》的。我的爱好书话，也非得之于唐而始之于叶。

九、《梁实秋散文选集》，百花文艺出版社一九八八年十二月第一版第一次印刷。

百花文艺出版社后来陆续出版了"现代名家散文选集"近百种，组成一个阵容巨大的"百花散文书系"，这是第一辑里的一种，也是我最早买到的一种，购于一九八九年十二月十六日。后来又买了胡适、施蛰存、徐志摩、郁达夫、林语堂、梁遇春等等，似乎是专挑鲁迅骂过的人物，因为这些人的文章以前看不到，如今突然冒出来了，我就想看看是何方神圣敢与鲁迅对掐。我记得这是一个周末在宜春的新华书店买的。那时候我还在分宜铁中，坐火车不要钱，常常用周末时间去宜春或南昌逛逛书店。在书店买了这本书之后，在候车室，在火车上（当时从宜春到分宜的火车要跑一个多小时呢），一直在看，不忍释卷，回到分宜时已经差不多看完了。从来没有读过这么好玩的散文，不是课本上《荷塘月色》的味道，当然更不是《谁是最可爱的人》的味道，也不是鲁迅的杂文的味道，甚至觉得比鲁迅的杂文还好玩些。后来又读了王了一的《龙虫并雕斋琐语》，又读了钱锺书的《写在人生边上》，又读了兰姆和柯勒律治等等的英国散文，对这种絮语体散文发生特别的兴趣，还模仿着写过几篇，投到报刊上居然发表了。它让我认识了散文的知性之美。

十、《顺生论》，张中行著，中国社会科学出版社一九九三年九月第一版，一九九四年四月第二次印刷。

这本书购于一九九五年三月八日。进入一九九〇年代之后，我的阅读也转向了。因为长期订阅《读书》，从《读书》上认识了老一辈的学者张中行、金克木、杨绛等先生。对张中行的散文，他散淡的处世方式，有一种特别的钦慕。张中行先生对人生和社会的由信而疑，而又顺应天命的观点，使我对人生有一个新的认识，多了一份同情和谅解。而他的坚持真理，不盲从，不苟且，尤其令人敬佩。读"负暄"三话，看到他无友不如己者，是羡慕；读《流年碎影》，对他安于清贫，严守恕道，是敬仰；读《顺生论》，对天命之谓性率性之谓道，是信服。

写到这里，回头一看，发现三十岁之前读的书，对个人的影响似乎更大些，此后读过的好书不少，但留下这样深刻印象的，还真是不多。这也说明，一个人在年纪尚轻的时候，选择读什么样的书，还是一件很要紧的事情。

二〇一五年三月四日于有不读斋

我的书房

　　我的书房叫有不读斋。有一间自己的书房，向来是爱读书的人所希望的，在里面存放几本自己爱读的闲书，然后又取个别人不用的斋啊轩之类的名字，是读书人雅玩的闲趣，我自不能免俗。我的斋名原无什么深意，有了网络之后，我上网也用这个名字，久之，却有了一点误解。有一位杂览群书号称敢折腾的抟扶摇先生就以钱锺书所谓"没有想到世界上还有这么多我不要读的书"加以比附，说我的斋号"万丈光焰"，令我愧不敢当。

　　读书人常常是很虚荣的。看到人家读过什么书，或者大家都说读过什么书，就会赶紧附和，表示这个"我也读过"。"我也读过"是一个万能的标签，如果是众口一词的好书，荣登年度十佳书榜，那就足以说明你没有落伍于时代，没有在"读书人"里失了群；如果是生僻的冷门秘籍，那就足以说明你学识渊博，视野开阔，蹊径独辟，有江河不择细流的宏伟襟怀。而有些时候，你也可以豪情万丈地说一声不："这书我是不要读的。""我不读它"与"我也读过"有异曲同工的神奇，足以表示你道行高超，读物不入法眼，或学识超拔，对之不屑一顾。

　　然而可惜，我的"有不读斋"不是"皕宋楼""芷兰斋"那样的炫富体（据说"芷兰"是"烂纸"的反讽），亦非"六场绝缘"那样的励志型,只是一个恐怕连店幌的功能也抵不得的记号。书海浩瀚,许多书我无缘得见,没有附和"我也读过"的机会;术无专攻,许多书我纵使读也难登奥堂,当然更没有胡说"我不读它"的勇气。我舌耕于三尺讲台,沉浮在高考题海,留得看几页闲书的时间实在有限,只好先尽了自己的趣味和有限的接受水平,自觉无趣的书只好不读,自知不懂的书只好不读,读起来缠夹不清的书,当然也只好不读。现在也说不清楚是因为什么,养成了一个书非买不能读的习惯,觉得可读或必要一读的书,都要买来,久之,也就积存了几千册。前一阵申报"书香之家",要填表说明"藏书类别",才幡然发现,自己所读之书杂而无类,不成气候。

论起专业来,我学的是数学,可是书房里数学专著实在有限,既没有解题辞典,也未藏方法大全,小时候迷过一阵数学史,曾经爱之如宝的《古今数学思想》如今也束之高阁,一九八〇年代上海科技出版社出版的"数学小丛书"搜求过好些种,久矣乎不读它们也有三十年了。论起职业来,我是一名教师,可是我的书房里教育理论著作也非常有限,教育学当然是读过的,心理学当然是读过的,教育心理学当然也是读过的,年轻时候也想过要做一名好老师,沉迷于心理学,不只是儿童心理学、情绪心理学,后来还旁及妇女心理学、变态心理学,乃至社会心理学的各个层面,教育学的著作则是从苏霍姆林斯基到巴班斯基、赞可夫之类,而又夸美纽斯,而又杜威,而又皮亚杰,读过也就读过了,它们究竟发挥过什么作用,只好不去说它。如今这些东西,久矣乎不读它们也有二十年了。

文史类的书籍积存得稍多一些,自然也格调不高,品类不全。外国小说是上学的时候从图书馆借来看的,那个时候不懂得欣赏,又贪多图快,只是囫囵吞枣,像《战争与和平》这样的大部头，也就是看看描写爱情的部分，宏大的战争场面都跳过不读。如今年纪大了，怀旧心理作祟，很想找回小时候读过的外国小说来重读，于是在旧书摊上收回好些一九八〇年代出版的网格本之类，然而重读也终于没有下决心。好多次在电视上看到有人到美国讲美国文学，到法国讲法国文学，到俄罗斯讲俄国文学，羡慕得紧。静心回忆，依稀仿佛人家读过的好些书我也读过，可惜早已说不出一个所以然了。

如果大言不惭，也许可以说中国现代文学是我稍微熟悉一些的东西，还真是曾按照唐弢先生编的文学史一路排查式地读过一些。论起来，有不读斋里大约能说说的，不过是鲁郭茅巴老曹，然而据说，这些早已不时兴了。呜呼，要向人家介绍一下自己的书房，一时倒成了一个难题。反正也有人说，不要带人家进你的书房，那么，我正好打住。

我还记得王稼句先生说，书房是我"日日周旋的隙地，当然也未必在那里埋头做什么，正像一个老农，有时候也背着手徘徊，或蹲在田埂上抽一袋烟"。我的书房很小，我只用它存些自己爱读的书籍，我在夜晚的书桌前拧亮一盏台灯，只照亮眼前的方寸之地，它让我的心沉入清雅世界，与俗世作短暂的隔断。

二〇一五年十月十二日于有不读斋

我与图书馆

　　一九八〇年九月,我上了宜春师专,有了第一个可以在图书馆借书的证件。它是一个借书证,也是一个借书登记册,借的什么书,何时借的,何时还的,都有记录。现在回想,已经不记得那个册子有几页,一页能记几条,我在师专三年,换过几次借书证,也都不复记忆了。

　　当时的师专图书馆并不大,对借书一事是否师生有别,我完全未知。取得了这个借书的资格,兴冲冲地就去了图书馆。

　　说是图书馆,并非一个专门的大楼,其实只是理化楼的三楼三间大教室。理化楼在北面,和我二年级住的宿舍只隔一个田径场,三层,一楼和二楼是实验室,三楼是图书馆。一间是阅览室,两间是书库,其中一间书库开了一个大窗口,学生从那里查卡片,把选出的卡片交给窗口里面的管理员老师,由管理员老师从书库里选出所借的书,把书名和借书时间登记在借书证上,同时借书人要在书后的卡片上签上名字和借书时间,那张小卡片和借书证被管理员老师收起来,存在书库的某一个位置。等你还书的时候,管理员在卡片记下还书时间,卡片插回书后的纸袋里,再把书送回书库,借书证还回到你的手里。这样,一次借书还书的手续才算完成。

我小时候虽然也看过一些小人书和儿童小说,什么《小英雄雨来》《闪闪的红星》之类,那都是用自己积攒的零花钱买的或与小伙伴换看的,读初中和高中的四年,从来没有机会借过学校图书馆的书。现在,面对一抽屉一抽屉的图书卡片,每一张都只有书名、作者和出版社这些,既看不到书的样子,也没有内容提要,毫无知识,不知要读什么好。

　　我在书籍卡片里乱翻,每一个书名,每一个作者,都是我很陌生的,茫然无措,不知该选哪一本好。翻着翻着,忽然看到一个书名,《温莎的风流娘儿们》,作者莎士比亚,依稀记得高中课文里学过一个《威尼斯商人》,那个割一斤肉不许出血的故事,好像作者是叫莎士比亚。于是就先借出这么一本来看看。

　　这样,我在师专的图书馆里正式使用我的借书证借出的第一本书,就是莎士比亚的《温莎的风流娘儿们》。

　　以我当时的阅读能力,这书看了与没看一样,没有觉得什么好。故事欣赏不来,风俗民情一点不懂,戏剧艺术当然毫无所知,纵是莎士比亚的作品,我也没有看出个所以然。草草翻过一遍,还掉了。

　　再借什么书,就颇费一点思量。

　　我问同学,什么书好看。有一位年长我十岁的老兄告诉我,他看过三言二拍,蛮好看的。什么是"三言二拍"? 我并不知道。起先我以为是一本书的书名,可是图书馆的书目卡片上没有这样一本书。我又去问他具体是什么情况,他说他也不是很清楚,是以前在家里读过的别人的书,是什么通言吧,是中国古典小说。虽然我没有搞清楚具体的书名,心里却恍然有悟:对呀,我应该分类去找。

　　中国古典小说,说起来我也略知一二。小学四五年级的时候,毛主席号召评《水浒传》,学校里一位知青老师给我们讲过好多水浒故事,什么智取生辰纲、风雪山神庙之类我也知道一些,只是没有完整读过《水浒传》。读高中的时候,我从牙缝里挤出两块三,从同学手里买过一本二手的《三国演义》,这个我极为宝贝的书,至少读过两遍的呀。我当时年少无知,不懂得有什么"必读书",似乎没有感到过有读《红楼梦》的必要,也没有什么少不读水浒,老不读三国的禁忌。那么,中国古典小说,除了这些,还有什么呢?同学的提醒让我有了一点找书的目标。

先借到的是一本《唐宋传奇》和一本《今古奇观》。看过了《今古奇观》,终于知道了这是"三言二拍"的一个选本,"三言"是对冯梦龙编的话本小说《警世通言》《醒世恒言》《喻世明言》的总称,而"二拍"是凌濛初编的《初刻拍案惊奇》和《二刻拍案惊奇》。这些故事情节新奇曲折,构思巧妙,虽然有许多"秀才落难赶考路,小姐搭救后花园"之类的俗套,但其中许多描写,到紧要处来一个以下删去若干字的框框,对一个十四岁少年的绮思遐想是一种极大的激发,引出无数的好奇。逐一读完"三言",兴趣渐冷,"二拍"就没有细读了。读过这个之后,就想到要读一下《聊斋志异》,虽然比白话小说读起来费劲些,还是很有兴致的。

一个人读书稍多一些之后,慢慢地就发现了许多"必读书"。那个时候青春年少,好奇心强,好胜心也强,阅读兴趣正浓,发现好些别人读过而自己没有读的"必读书",多少有点感到羞耻,于是一本接一本,几乎是不间断地读下去。

有一天在借书的窗口遇到一位中文系的同学,我看他借的书和我读的完全不是一个路数,不免好奇。我问他平常都读什么书。他说中国小说不好看,他只看外国名著。外国名著,范围太广,他看我这个数学专业的外行,大约觉得不必了解太深,随口说，你先看看文学史，然后把文学史上提到的主要作家了解一下，也就可以了。

真是一句话点醒梦中人。我漫无目的，瞎蒙乱撞，读了很多书却完全不成体系，如果按照文学史的脉络，那不是就比较清晰地建立了自己的阅读体系了吗？

这样，我就去借了一套唐弢编著的《中国现代文学史》。此书一套三册，我用暑假的时间借回家里去读。一个暑假，除了去"双抢"的时间，其余都花在这套书上，还认认真真做了读书卡片。一个暑假过完，我这个数学专业的学生，也对中国现代文学史有了一个基本了解。于是，开始按照鲁郭茅巴老曹这么个路数一个个读下来。鲁迅的作品，自认为在课本里读了，小说借来再读，也还是《呐喊》《彷徨》这些，那个时候只能说读得比较熟了，究竟有什么好，并没有很明白，像《故事新编》这样的，有些不懂，读过也没有什么很深的感觉。杂文太多了，毕竟对论战双方没有搞清楚，特别是鲁迅的"敌方"，那个时候完全没有关于他们的一点信息，以我当时的阅读能力，也不能体会鲁迅杂文的妙处。那个时候，更多的还是读小说和散文。《朝花夕拾》我很喜欢，读得很认真。郭沫若的《女神》其实也只是读过而已，印象比较深的是他的回忆录，现在手头没有书，一时也记不确切，好像是《洪波曲》还是什么。茅盾的小说，《子夜》当然要读，但是兴趣不高，也许是太宏大。我喜欢《霜叶红似二月花》《虹》《蚀》这些东西，《林家铺子》《春蚕》也很有味道，连巴金、曹禺、冰心、丁玲等等一起算来，那个时候我还是觉得茅盾的小说好看一些。我上师专那会儿，沈从文、张爱玲都没听说过，对他们的作品毫无所知。后来听说有一本叫《围城》的小说，非常好玩。可是我每次去图书馆问，都说没有了，这一本书一直处于被借出的状态，直到我一九八三年从师专毕业，它好像也没有回到图书馆。我是迟至一九九〇年偶然在新华书店的旧书处理时买到一本半价的《围城》，才终于了了这个心愿。后来喜欢上钱锺书和杨绛先生的作品，这当然已是后话了。

大约读了一个学期的中国现代文学，自己以为看得差不多了，对读小说，似乎也略知一点门道，就想，应该读一读外国小说吧，于是，大约在一九八二年之后就开始只借外国小说了。

先是读一些短篇小说，莫泊桑、欧·亨利、契诃夫等等。后来就读长篇。那个时候，外国文学名著开始大批重印，引起近乎抢购的热潮。我这样的穷学生当然没有买书钱，但学校的图书馆基本能满足我的阅读需求。以我当时对外国文学的有限了解，我能知道名字的作家和作品，基本都借来翻过一番。

自己刚满十六岁，对男女之情尚无认识，或者可以说只有一点朦胧之感。我的同学年龄都比我大，最小的也比我大两岁多，最大的比我大十岁，恐怕没有人把我放在眼里。我对一位女同学暗自有点好感，但一来她是老师的女儿，似乎有点高冷，我是农村来的孩子，不敢主动与她攀谈；二来她住家走读，不住校，放学就回家了，几乎没有与她课外接触的机会。但心里有些情愫无由排解，当时能想到的办法只有两个：一是写日记，把自己一些不切实际的想法写在日记里，算是一种倾诉；还有一种，就是读爱情小说，然后找代入感。读《少年维特的烦恼》就是这样，看维特与绿蒂相处，就想象自己与她在一起会是什么景况。

读书和借书的线索，当然还是顺藤摸瓜式。读过《简·爱》，就找夏洛蒂·勃朗特姐妹的作品，而又简·奥斯汀，而又狄更斯，《呼啸山庄》《谢利》《匹克威克外传》《巨人传》《名利场》等等，也没有什么系统和计划，几乎是借到什么看什么。有时候有计划也白搭，因为你要的书未必等在那。我记得有一段时间一直想借《情感教育》，每次去图书馆都问有没有，偏就一直没有。唯一有一个大致的设想，是按照国别来读一些名著，英国、法国、美国、俄国、德国、日本的，读得多些，其他国家的作品，基本没什么了解。那个时候黑色幽默好像也刚兴起，读过《第二十二条军规》，卡夫卡啊，拉美的魔幻现实主义啊，这些都是好后来的事了。现在回想，当年阅读的外国小说，大约没有出过当年重印的网格本那个圈圈。

阅读的兴趣与阅读能力有关，更多的还是与自己的经历相关。我在少年时候心理受过一些伤害，阅读是寻求安慰，也是自我救赎，所以更多关注人性，而对社会、历史缺乏认识。当时的阅读，对关注社会和历史的宏大题材的小说就涉猎不多，也兴趣不大。我对《俊友》《德伯家的苔丝》《包法利夫人》《红与黑》《茶花女》《安娜·卡列尼娜》《复活》这一类小说的兴趣，就高于对《悲惨世界》《巴黎圣母院》《镀金时代》《海上劳工》《九三年》《铁面人》《斯巴达克斯》《战争与和平》这一类小说的兴趣。那个时候读书饥不择食，囫囵吞枣，另一个动力其实也来自一点虚荣，觉得自己是一名大学生，不知道的书太多了会很没有面子，所以什么书都读，哪怕是并不真懂的，也硬着头皮啃下来，比如像《卡拉马佐夫兄弟》《罪与罚》这样的大部头，读得昏天暗地，其实当时读完了并不明白有什么好。现在回头看，那个时候的阅读视野还是很局限的，尽管局限，阅读量还是尽其可能的大。

读了好多小说之后，大约到了三年级的上学期，我的兴趣也有点转向，专注于人物传记。当然，也许是读了小说之后，想了解作者的缘故，比如读《新爱洛依丝》，就想了解卢梭；读过《茶花女》和《黑郁金香》，就想了解小仲马和大仲马。我至今还记得初读《忏悔录》和《三仲马》时的新奇和激动。

三年级的时候我读到了《马克思传》，以我十七岁的阅历，对马克思的理论当然不懂，但是这一部传记却读得很有兴味。我的生活经历那么平淡无奇，还从来没有遇到过可以倾心相交的朋友，虽然自己内心里有一些说不清道不明的对某一位女生的好感甚至暗自思恋，毕竟这不是恋爱的经历。《马克思传》是我第一次带着关于人生的宏大命题的思考而读的书：什么是友谊？什么是爱情？我要做什么？读这部书的过程中，这些问题一直在缠绕着我。

三十五年之后，我读到何炳棣先生的《读史阅世六十年》，他在回忆自己在大学时期的阅读经历时说："小说对我的最大的作用是大大地丰富了我间接的人生经验，使我这一介书生能体会到人间宇宙之大，人类品型之多，性格言行之无奇不有，于是有效地增强了我对人生的了解和容忍。"我这样回想，感觉到自己当年也有近似的体会，我还觉得，读人物传记也有这样的作用。直到现在，传记类的书籍仍然是我日常最主要的一类读物。

当然，作为一名数学专业的学生，三年里，我从图书馆借读的书并不只是文学作品。我几乎定期去阅览室读《数学通讯》，甚至把自己感兴趣的论文抄下来，有一阵为了搞清楚《周髀算经》的成书年代，我抄了一整本李约瑟的《中国古代科技史》（数学卷）。但是总的说来，我在图书馆借读的书里，数学书所占比例，小到可以忽略不计。

十五六岁，正是一个乱翻书的年纪，不论什么书都看，一律生吞活剥狼吞虎咽，不可能体会什么微言大义。我在师专三年，从一个十四岁的懵懂少年，到十七岁略知一点世事毕业，图书馆对我的作用允称巨大。我虽然是一名数学专业的学生，也没有人指导一个系统的阅读计划,好比一个饥饿的人面对丰富的食物,并无营养知识,只为消渴充饥地把它们填进肚子里去,能不能消化都置之度外了。正是有了这样丰富的可供借阅的图书,使我养成了闲读杂览的习惯,以致当我有了自己可支配的收入之后,几十年无间断地购读自己喜欢的书籍。如今,我所购读之书,早已多于我欲读之书,几乎不再有依靠图书馆的必要了,我还是会说,是一九八〇年代,宜春师专那个藏书量并不丰富的小小图书馆,给了我最丰富的阅读记忆。

二〇二〇年二月十八日于有不读斋

第二辑

访书记游

上海访书

十月一日,晴,上海古籍书店。

中秋节前易昕告诉我们说她的舍友国庆假日回安徽去,希望我们能去上海住几天,于是我们赶紧订购了往返车票,今天早晨六点多到了上海。虽然是卧铺,车上没能好好睡觉,换乘两次地铁,到易昕的住处已经八点多了,她的两位舍友正准备出门,略事寒暄,两位小姑娘与我们道别,正好我可以洗个澡,先睡一会儿。

吃过中饭,她们整理房间,我独自出门,去逛逛书店。

其实现在的书店已经没有多少好逛的了,书讯早知道,感兴趣的书籍网购便捷,还比实体书店便宜,逛书店也就没有了对意外惊喜的特别期待。只是久矣未逛书店,且去体会体会书架巡梭的乐趣。

乘地铁到南京东路,穿过九江路,再从汉口路的申报馆墙根走过,就到了福州路上。申报馆门外的墙体上挂着一块牌匾,是对这所有近百年历史的优秀古建筑的说明。老房子正在内部装修,不知作何用场,与对过的解放日报报业集团的大楼相比略显寒酸。想想八九十年前,出入此馆的当是民国年间沪上文化风云人物,真是不胜今昔之感。

先到上海文化商厦，二楼是特价书场，二至六折不等。虽然都是出版社积压的库存图书，我想也许能找到早些年的版本，不妨仔细看看。可是我站到书架前，立足未稳，喘息甫定，服务员竟自开始催促顾客结算，说是因交通管制，他们今天二点钟下班。看来我来得真不是时候。无奈之下，匆匆扫过文学书类，得书三册。《新文学过眼录》，赵景深著，陈子善编，广西师大出版社二〇〇四年十一月版，定价二十六元，特价七元八角；《明窗亮话》，吴茂华著，凤凰出版社二〇〇三年十月版，定价十四元五角，特价七元；《三国谈心录》，金性尧著，中西书局二〇一一年八月版，定价十六元，特价十元。

与文化商厦只一步之遥，就是上海古籍书店。每次到这里，我都会想，五楼的博古斋，就是陈克希先生工作的地方。可是我每次来都是节假日，也许陈先生并未上班，也就打消了要到五楼的博古斋去看看的念头，在古籍书店，总是逛到四楼我就止步了。

陈子善先生山东画报社二〇一三年七月版的新书《不日记》和他的另外两本关于张爱玲、郁达夫的著作《沉香谭屑》《沉醉春风》，我早已选在卓越网的购物车里，只是没有下单。不是不想买，是并不着急看。有好多书买来，没读，甚至连塑封都没有拆开，堆在书房里，夜晚的灯光有时候照在某一本书的塑封上闪出一丝贼亮的反光，倒成了一个讽刺。于是提醒自己：可看可不看的书，不看；可买可不买的书，不买；并不着急看的书，暂时不买。在网上挂着，忍住了不买也就是了，可是一本新书如今拿在手里，随手翻翻，还是蛮漂亮的：一百三十毫米×一百八十四毫米的精装，书衣上一帧书堆上"猫视眈眈"蹲着的一个黄猫的照片，扉页还贴了一张"黑猫觅书图"的藏书票，书前十八幅书影更是诱人。先拿着吧。

进门的新书堆里，紧挨着《不日记》摆放的，是两本《拈花》，薛冰著，山东画报出版社二〇一二年三月版。拿起来翻翻，竟是一个惊喜：扉页有签名"薛冰　二〇一三年五月十二日"。这个当然也要拿一本（其实两本都应该买下的，送给有同好的书友，是一份好礼物）。

《王元化晚年谈话录》是上海人民出版社二〇一三年八月出版的新书，作者吴琦幸说这是他"二〇〇七年七月陪伴瑞金医院中的王先生时的录音笔记。这些谈话提纲挈领，从理论、人情、学风、考证到历史事件，有他被打成胡风分子的真实情况，也有对第三次反思的高屋建瓴式的俯瞰，更有对当今学风和学术脉络的精彩分析，清晰勾画出他的心路历程"。我以前读过王元化先生的《清园夜读》《人物·书话·纪事》，我对老学者的口述历史尤有兴趣。

在二楼找到一本姜德明先生的《新文学版本》，书是江苏古籍出版社二〇〇二年十二月一版，二〇〇三年八月二印的本子，已经很旧了，难得见到，当然也买下。"中国版本文化丛书"有十余种，多数我不懂，也就没有刻意去找。我只有其中的《清刻本》（黄裳），还是宁文兄送我的；我记得自己买了《插图本》，可是一下子在书房里也找不见它，这个印象可不可靠，也就只好存疑了。

有两本毛边的韦力先生的《芷兰斋书跋初集》，摆在一楼新书台很显眼的地方，我早就看到了。我私心里觉得，韦力所藏都是古籍善本，我高攀不起，这样的版本学问，我也不懂，只拿起翻翻，又放下了。大十六开，毛边本。一百二十八元，还是蛮贵的，网购要便宜好几十呢。对我而言，这书是真的"可读可不读"。

走吧。于是走吧。临走请服务员查一下上海古籍出版社出的《花随人圣庵摭忆》，没有；再查一下新版的平装本黄裳《故人书简》，没有，没有就算了，去年我把《故人书简》里的十几处错误列出告知俞总和梁出之，只想看看新版的平装本有没有改过来。那就走吧。"毛边本呢。里面的书影真漂亮。"心里这样说，脚下还是走出了古籍书店。

到对面的艺术书坊打了个转。又去上海书城心不在焉地逛了一圈。料想也没有什么可看的，天也黑了，抬脚往回走，居然又到了古籍书店的门口。"韦力先生的毛边本呢。存世量也许不超过两百本。"心里这样想着，折回店堂，拿起书来，直接去了收银台。

买书真是一种病。

十月二日，晴，季风书园。

昨天晚上读陈子善的《不日记》，每则八百字左右的专栏文字，看起来短小轻松，信息量却很大。早晨起来接着又读了许多页。八点半出门，决定去看看季风书园。

我翻的还是老皇历，到地铁一号线陕西南路下车，远远看见季风书园的店牌，门还是关着的，走近去看，才见到门上贴着告示，季风书园已经搬到十号线的上海图书馆站了。于是又转十号线，到上海图书馆站。

门是开着的，偌大的店堂书海汪洋，却只有三两个人。我在书店盘桓了两个多小时，读者始终没有超过十人。我想想昨天傍晚从古籍书店出来，转到南京东路步行街，那摩肩接踵的人海里，哪怕只有千分之一的人流进入书店，独立书店的生存也不至于落到如今这样的窘况。

季风书园的图书按作者姓氏的拼音首字母排列，要找齐某一位作家的作品很是方便。许多书籍只闻其名,真见到书的时候,书的开本、装帧和插图都会影响到读者购书的欲望,这也是逛实体书店比之网购图书更多乐趣的原因。当我见到的想要的书多出我的承受能力时,书的装帧成了我选书的主要参考。海豚出版社自引进牛津版董桥作品的版权后,书装设计上先在董桥作品做了很好的尝试,进而又有了"海豚文库",季风书园里有几种海豚版的祝勇作品、"独立文丛",装帧设计都与董桥作品一样精美,有一种含蓄雅致的书卷味儿,很有质感的仿布面精装,摩挲书衣就让人有先睹为快的欲望。一套中国人民大学出版社二〇一三年一月新版的阎连科作品,也是三十二开的布面精装,很是诱人。坦率地说,千里迢迢,太多的书随身带着,是一个负担,只好先不买了。可是,专门来一趟季风书园,不买书也不能表示一个资深书迷对独立书店的支持呀,那是说不过去的。

我拿起贾平凹的《前言与后记》看看,海豚版小三十二开布面精装,所选的文字是他的长篇小说的前言或后记。他的长篇,我只没读过《高兴》,其他几种都已购读;我坐下来把没读过的文字读一遍,又把书放回去了。

崔岱远的《京范儿》,是一本描写老北京儿童生活的散文,包着塑封,不能拆开来看。我读过他的《京味儿》,写老北京的家常美食,是很好的京味儿散文,文笔自然是可靠的。左右看看,不知究竟,还是放下了。

叶兆言的《陈年旧事》,是《陈旧人物》的姊妹篇,也是一直记着要买来看看的。翻开来看看关于俞大纲和俞大维的两篇,觉得不如《陈旧人物》写得好。也是,《陈旧人物》里许多是他爷爷的朋友,有些人物他是见过的,至少是听他爷爷说起过,而《陈年旧事》里写的就不是这么回事了。

左挑右选,选出了两本:陈思和先生的《1966—1970:暗淡岁月》和台湾林文义先生的《遗事八帖》。买下来也算是我到季风书园一游的纪念。

上海书店出版社的"海上文库"小精装系列早几年刚推出时,一破此前满坑满谷都是大开本图书的流弊,很是得到书迷的追捧。初期入选的作品,以黄裳《插图的故事》领衔,像陆灏的《东写西读》《看图识字》之类,一再重印,并推出平装本,可见大受欢迎。后来的一些品种稍显小众化,读者面大约窄了起来,昨天我在文化商厦就看到一长排的"海上文库"本打折,都是我兴趣之外的品种。我知道有人要收齐"海上文库",我无此癖,本不求全,也就未取。我甚至不怀好意地逐一查看,发现我感兴趣且已购存的"海上文库"本,都不在打折之列,不免为自己选书的眼力窃喜。《1966—1970:暗淡岁月》也是二〇一三年新版的"海上文库"本之一,是陈思和拟写的回忆录的第一部分。在中国现代文学的研究者中,"南北三陈"(陈子善、陈思和、陈平原)一直在我的阅读范围之内,相对而言,陈思和的理论著作多过闲书小品,是我读得较少的一"陈"。

林文义先生的散文《遗事八帖》,封面上还有一个眉题:"台湾百年情书",是台湾文学奖的获奖作品,书衣的封底有"蒋勋、席慕蓉、舒国治、简媜大力推荐",称"这是林文义散文四十年来最具代表性的定音大书,更是虔诚着力的扛鼎之作,为深爱的台湾留纪。谨献给乱世红尘中依然坚定秉持真情实意的文学信约"。自有"腰言惑众",我对腰封或书衣上的广告文字,总要多打一个问号,这样一本由中国长安出版社出品的台湾散文是否可读,光看一句虚幻的名家推荐语我是不信的。我坐下来,戴上老花镜,专心地读完前言,又读完第一章的两节,觉得台湾文学奖的获奖作品名副其实,才决定买下。

在这样的独立书店生存堪忧的窘境里,自诩资深书迷的读者来专访一趟,挑挑拣拣只买了两册书,说起来很不好意思。可是书痴也要过日子不是?什么时候书痴的小算盘不用拨弄了,独立书店的好日子就会回来的吧,谁知道呢?

下午到控江路拜访周乃昌先生,往来的路程近四个小时,回到住处已是九点了。丁丁(易昕养的小猫)竟不辞而别,我们也非常奇怪,除了阳台窗户开着,窗门紧闭的十九楼,丁丁是如何出去的呢?易昕在小区里找了两个来回也未见踪影,伤心得哭了。我们也没法劝她,劝她也未必能听进去,只好由她独自伤心。

十月三日,晴,世纪大道。

早晨起来读完《不日记》。翻到《咪咪噜是谁?》给易昕看:"在古今中外许许多多作家诗人笔下,猫是一种神秘莫测而又奇妙迷人的生灵,猫与人若即若离、欲说还休的关系,足以勾起人对猫的探究、思考人猫关系的持久不断的热情。"多年养猫并编过《猫啊,猫》的陈子善先生说,"人,哪怕是主人,想完完全全控制猫的生活,很难,很难"。易昕情绪不佳,在电梯口的小黑板上写了个寻猫启事,指望着有人送猫上门。我们与魏国良先生约好十点在上海科技馆会合,易昕不去,只好由她。

我们先到科技馆,大约五分钟后,魏老师、谭老师和贝贝都来了。在世纪大道一边走一边聊天。照了一张合影,又坐下来聊天。我们每一次见面,没有别的事情,只是聊天,就可以消磨掉许多时间;前年暑假到他们家,足足两天没有出门,海聊。他们刚从丹麦回来。说已出的五本书,也说计划中的五本书。我说了我的想法。我觉得他们的做法、想法,出版社的编辑并未完全领会。《德国行脚》(还有意大利、法国、西班牙、奥瑞行脚)这样的书,读者定位不够准确,只是比一般的旅游攻略之类的书多一些行程故事,多数读者还是只把它当成了旅游指南。现在有钱出国自助游的人固然多了起来,但多的是带着钱购物的消费者,带着眼睛看风景的少,许多带着眼睛看风景的人里,真正带着脑子思考文化差异、观察社会人文的少之又少。所以我建议在他们十本"行脚"系列出齐之后,再从中整理出一本文化品位和层次更为高端一些的东西,搞出一本比之游记散文更有学术含量的作品。魏老师说他们已有这样的考虑,也与编辑有过沟通,我的想法与他们不谋而合。我觉得还可以考虑自己录制一点影像资料,编辑一个纪录片性质的专题短片,如果出版社愿意做一个图书推荐活动,这样的短片是很起作用的。

我很羡慕他们的生活。退休之后,每年选一个欧洲国家,一对老夫妇,两位背包客,一年里两个月的自助游回来,写出一本"×国行脚",加上最初的《你也可以去英国看看》,已经出版了六本书了。今年又完成了丹麦和捷克之旅,说明年的计划是前南斯拉夫的几国。年过花甲的两口子,把退休生活过得这样的有文化有品质,视野与胸襟为之开阔,真可以消弭许多的世俗烦恼于无形。

放下俗念,做自己想做的事。这是一种态度。

魏老师在锦江之星定了座,也就只好客随主便。我对他们说,昨天我们去拜访周老师,真没与他客套,直接说不在那吃饭。我们是三十多年的老朋友,太过盛情款待,心里过意不去。

回到住处已是四点钟。易昕自顾上网,我知道她的心思还在丁丁那里。

十月四日,晴,上海文化商厦。

在上海还有大半天的时间，我想还是再去一次特价书场。原本想去文庙看看，昨天魏老师说文庙是周末的早市，其他时间可以不去的。我想这样的黄金周，大约也是人海横流，不去也罢。一日下午在上海文化商厦的二楼特价书场只待了十多分钟，匆匆而过，不如今天上午再去一趟。

去看看还是值得的。我在文史类书架前顺着书脊一本一本看过去，发现了许多可买的书籍，还有一些熟悉的图书，比如宁文兄编的《凤凰台上》《我的〈开卷〉》，也在半价之列，倒有故友重逢的亲切。可买的书一多，想想要把一大堆书带回新余，究竟是一个力气活，于是决定只选小开本的，大三十二开或十六开的厚书，只好不要了。东南大学出版社二〇〇三年三月版的《徐雁序跋》《王稼句序跋》《舒芜序跋》《陈平原序跋》，古吴轩出版社二〇〇四年七月版的《祝勇序跋》《隐地序跋》《谢大光序跋》，都是三折。辽宁教育出版社的万有文库本六折，我选了《被禁止的作家——D. H. 劳伦斯传》《一个古老的梦——伊拉斯谟传》《村中三日——列·托尔斯泰散文集》《一头驴子的回忆录》《自画像与自白——莫扎特书信选》。严格先生编译的莫扎特书信选，在许多信后还有译读札记，是很有味道的小品。严格先生以辛丰年的笔名在《读书》发表读乐随笔的时候，我这个西洋音乐的门外汉都痴迷地跟读。

在另一个书架上有一排《闲话》，我选了未存的《闲话 13：苦苦跋涉》和《闲话 15：同路殊途》。《闲话》系列我此前一直买到第十一辑，后来兴趣降下来，没有再买。这两本书五折，还是划算的。这样《闲话》的前十五辑，我实际上就只缺第十二、十四辑了。

虽然不想买大开本的书，但程永新的《一个人的文学史》还是很诱人。这本书记录了那些在《收获》发表作品的作家们与作为编辑的程永新的交往,许多作家写给程永新的信,很有意思。我站着读完贾平凹和苏童写的几封信,觉得这书还得买回去慢慢看。

十五本书一百一十一元一角,比买新书便宜多了。

还是去古籍书店打了个转。另一本毛边的《芷兰斋书跋初集》已经不见了;《白鱼解字》(流沙河手稿本)上次来没见到,一定是最新的品种;还有一本马小弥的《万金集:来自巴金的家书》和《陆小曼自述自画》也是很好看的书。还是回家后再网购吧。

下午四点零五分的火车。上车后小睡片刻,取出陈思和的《暗淡岁月》,读完它正好是卧铺熄灯的时分。这一趟上海之行,算是结束了。

二〇一三年十月五日于有不读斋

深广访书

　　会议比我预期的还要早结束,最重要的领导讲完最重要的话,才刚刚下午四点,一天的会就算散了。

　　我直奔地铁站,往深圳书城而去。

　　在地铁上给周婷婷发个短信,说我在书城。她一时半会也不能来,我且慢慢逛。

　　来深圳之前先查了几个书店的地址,但我知道,留给我的时间只有下午散会之后的几个小时,我想只逛逛书城,再到尚书吧看看,也就罢了。惦记着想要找的书其实只有香港牛津大学版的董桥《夜望》和查建英《弄潮儿》,我猜想在深圳找到这两种书的概率会很大。

　　深圳书城有很好的购书环境,分类明晰,摆放合理,书架疏密有致,围着天井围栏有一圈木台阶,许多读者在那里安静地读书。我转了一圈,可买的书很多,都可以网购,不必在这里买了再背回去。姚峥华的《书人·书事》我挂在当当网的收藏夹里,一直显示缺货,这里当然有,那就买一本吧。

　　又转了一圈,确定没有特别必要再买的书,以免增加负担,于是就在木台阶上找一个位子坐下来。在这里读读书,也是一件很惬意的事。

姚峥华的文字很有意思,她写到的许多人都是我们熟悉的书界大佬,董桥、陈子善、马家辉、杨照、林道群、毛尖,当然也少不了大侠。她写董桥请客的时候,被刚刚领到稿费的冒失的毛尖抢单:董桥脸色一沉,低声喝着:怎么可以! 真仿佛看到一向儒雅的董桥突然阴沉着脸一样让人心里一紧。看看书里的名流在书外的八卦,蛮好玩的。

　　我是乘夜车早晨才赶到会场的。头天上完课,下午四点才出发。到株洲换车有两个多小时,吃过快餐,觉得可以有时间见一见舒凡,于是给她发个短信,在株洲书店等她。在株洲书店见到一本外文出版社影印的郁达夫《日记九种》,就抽出来站读。

　　舒凡是个很爽直的人。她叫上蓝祁峰兄在书店汇合,我们就在门口的椅子上坐下来聊天。聊湘江边的旧书摊的兴起,聊株洲读书月活动,聊她正在筹备的株洲读书年会,也聊她的读书生活给儿子带来的影响。说起儿子,说起自己的雅好造就了儿子的成长,舒总表现出女性的本真,一脸骄傲。可惜时间太短,聊天也不能尽兴。祁峰兄还要赶回学校,就此匆匆别过。

　　我正在想,如果舒凡把自己的书事写出来,也一定会是一串有意思的故事。这时婷婷已经到了书城。

　　让她坐下来休息一会,然后再去尚书吧。

　　扫红的《尚书吧故事》和《坐店翻书》,是书迷们都熟悉的两本"书吧外传",许多外地的书迷到了深圳,尚书吧是必去的。

　　尚书吧比我想象的小得多得多,店堂里暗沉沉的没有读者,几个店员坐在一圈也许是开会,旧书和红酒也不是想象中的样式。贴墙的书架上那些旧书,在我看来品相实在太坏,不止烂了书脊,封面还满是霉点,至少我是不会有要买的欲望。

　　正对门的一个老旧实木书架上,摆了一排董桥著作,很顺利地就找到一本《夜望》。书架上另外一排，是北岛的几种著作和其他一些书。我问导购：有查建英的《弄潮儿》吗？她在电脑上检索，说：有一本，在仓库。我说仓库远吗，能不能拿来？她说：还没定价呢。另一位店员从里间的书库取出《弄潮儿》，又向店长去问价。牛津版的图书都不定价，书店自贴标签标明售价。店长说一百一十八元。

新书展台上还有一些港台版的书，毛尖的《有一只老虎在浴室》是她新出的在"苹果树下"的专栏，迈克的《采花贼的地图》是以前看过的，牛津版到底太贵。看到一本古苍梧的《旧笺》，翻翻，内容也未及细看，只觉得书装漂亮，也买下。

看到有两本章诒和的小说，跟婷婷说这个可以看看。又说，不必买牛津版，有广西师大的版本，便宜。我后来才想起，广西师大版的章诒和"情罪小说"与牛津版的会不会完全一样，不知有没有读者比对过。

正要离开，婷婷手上还在翻一本《在人生的列车上》。我一看作者，心里一惊，这是一个久违的名字。婷婷当然不知道他是什么人。二十五年前，我读过他的《"文化大革命"十年史》，读过他的《首脑论》。二十五年了，这位老兄干什么去了？这本自传里，也许会有我感兴趣的故事。

淘书的乐趣就在这里，既能满足预期，还有意外惊喜。虽然结算的时候，只四本书，就花了四百七十元，还是有点肉疼的。

早晨坐动车到了广州，天黑得吓人，转瞬就下起了大雨。我把行李归置一下，寄存在东站，以一碗牛腩面解决了早餐，坐地铁到了北京路。

联合书店正好开门。

在正对门的书架上，又见到毛尖的《有一只老虎在浴室》与几种董桥散文摆在一起。毛尖的书昨天在尚书吧看到,问价,要一百一十元,我嫌它贵了,没有要。现在抽出这本看看,封底贴的条形码,标价是八十元,好像捡到一个大便宜,赶紧拿下。

董桥说,毛尖是少见的机灵女人。董桥说,灵是知,大惑者终生不解,大愚者终生不灵。灵是灵巧,灵是灵光,灵是灵妙,灵是灵清,灵是灵机也是灵感。以前我在《万象》上跟读毛尖的文章,觉得那种小资生活离自己太远,她读过的书看过的电影,我多数都没读没看,所以她的文字结集成书,我一本也没有买。这一本是"苹果树下"的专栏。《万象》停刊了,"苹果树"我看不到,昨天和今天两遇毛尖,这个真是缘分了,何况今天还比昨天便宜,再不买就错过了。

巡着书架一格一格地看,顺着楼面一层一层地逛,联合书店里那么多的好书,多得让人羡慕嫉妒恨。我就想,要是我的城市有这样的书店,我一定精挑细选,我就可以少买很多书:我平常见到的好书太少,就把能见到的以为比较好的书也买回了家。可是又一想,要是我的城市有这样的书店,我一定左右难舍,我更会多买很多书:还有许多比我平常读过的好得多的书我都没买呢,有多少书值得买来看看啊。

突然在一排挤挤挨挨的书脊里发现一个小册子:《小癞子》。抽出来一看,果然是杨绛先生的译本,人民文学出版社的新印本。杨绛先生的译著单行本,我只差这一种久觅未得,今天意外得之,真是幸运。我找它,二十多年了!

想买的太多,只好不再买,否则收不住手,千里迢迢,带着就太费事了。里尔克《给青年诗人的信》就在手边,装帧很漂亮,只薄薄一册,是冯至先生的译本,当然还是一起带着吧。

天放晴了。不知不觉,早过了十二点。买几个叉烧包充饥,休息一会,去下一站:天河路的广州购书中心。

　　购书中心六层,比联合书店当然大多了。但它是新华书店的招牌,浏览一过,未见惊喜。逛了个把小时,转回到一楼,准备要出门了,听到广播预告:"读领风骚:严歌苓新书推介活动十四点在一楼大厅即将开始。"我不久前刚刚读完《陆犯焉识》,又在《锵锵三人行》节目里看到她与许子东、窦文涛谈《妈阁是座城》,今天赶巧了。于是去买了一本《妈阁是座城》和一本《橙血》,在活动区找个第一排的座位,等着严歌苓的到来。

　　主持人与严歌苓对话,说的自然是对严歌苓的读者而言并不陌生的严歌苓的经历、作品,或者问一两个早就准备好的问题。与读者互动的环节开始,主持人问谁有问题要问作家。我举手示意,得到了第一个提问的机会。

　　"严老师,我刚刚读完《陆犯焉识》,在微信上写了一句话:读完《陆犯焉识》,突然觉得这是'方鸿渐'的后半生。请问,您觉得陆焉识与方鸿渐有什么不同?"严歌苓说,陆焉识与方鸿渐当然是不同的。陆焉识是认真的,方鸿渐玩世不恭;陆焉识是留美博士,而方鸿渐的博士,你知道,是买来的。她说,陆焉识是以她的祖父为原型创作的,她的祖父一九三七年的时候因为不满国民党政府的腐败无能而辞职。

　　主持人重复了这一句话。读者觉得她的祖父很有骨气,值得尊敬,鼓起掌来。于是把她的话打断了。严歌苓言犹未尽地对我笑笑,我也笑一笑,表示我理解并接受了她的意见。

　　我心里当然还是有一点不一致的看法。陆焉识为了逃避恩娘强行恩赐给她的婉瑜,那一段荒唐和玩世不恭与方鸿渐正有一比。我更想说的是,那一代庚款留学生,无论是陆焉识这样的真博士抑或方鸿渐这样的假博士,等到反右和"文革",一样逃不脱被践踏的命运。张艺谋的电影,也请了陈道明来饰演陆焉识,难道老谋子不是觉得陆焉识与方鸿渐有某种一致?

有严歌苓的粉丝表达了自己的激动,也有读者问了很八卦的私人问题,留下 点给读者签名的时间。于是读者排起队来。工作人员把我排在了第一位,我递上手中的两本书,也忘记要求严歌苓写句话之类。一些记者围上来拍照,后面的读者就有点着急地往前挤,我想合影的机会也许不可得,接回书来说声谢谢,严歌苓也礼貌地微笑着说谢谢。

那就回我的候车室,准备回家吧。

二〇一四年三月二十九日于广州东站候车室

冷摊访旧

　　"小时候见过的书有些留下很深的印象,到后来还时常记忆,有时千方百计想找到一本来放在书架上,虽然未必是真是要用的书。或者这与初恋的心境也有点相像罢?"这是周作人《花镜》开头的一段话。我时不时去逛逛旧书摊,多数时候捡回来的都是小时候读过或小时候见过的书,与周作人所谓初恋的心境也约略相像。

　　新余的旧书摊只有在周六的上午,集中在抱石文化街那一百来米的步行街上,占满街道两边的,其实也多数是各式"古玩""玉石摆件",甚或是在泥土里埋过一段时间的瓷碗之类,书摊只有不多的几家。有时候遇到新钢或者江钢的工人收了厂里的图书室散出的书,能挑出一两本稍好的文学书籍,还有两位早年在乡下做过民办老师的,如今亦以淘换旧书为业,偶尔也有可以一看的旧书。

　　我以前对旧书是排斥的。在新余这样的小地方的书摊上,不可能有珍版善本,捡漏的可能性为零,那么单是满足阅读的需要,旧书当然不如新书。只是逛摊的次数多了,偶尔遇到品相还不错的小书,不免手痒。我的开始淘访旧书,是从收集一九七〇年代出版的鲁迅著作单行本开始的。

我在一九八〇年代的中期，还是在分宜工作的时候，在分宜新华书店的柜台里看到过两三册人民文学出版社一九七〇年代出版的鲁迅著作单行本，灰白的封面，左上角一个鲁迅先生的侧面浮雕头像，书名是绿色粗宋休，"鲁迅"两个字是黑色手书，扉页之后还有一个插页，是原版封面的书影。其实那个时候我对书籍的装帧还没有认识，但这几本单行本的清雅的书装在我心里留下了很深的印象。我常到书店去看看它们，可是没有买。我的一个内行的朋友说"不齐"，这一套书有二十多本，你买个一两本没有意思。于是我在心里默默地等它们"齐"。当然没有等齐。没过几年，我买到了一九八一年版的精装十六卷本《鲁迅全集》，也就不再等它了。

是前几年的某一天，我在旧书摊上见到一册《阿Q正传》，小三十二开，封面是红色的，上半部有一个矩形的反白，白底黑字的"阿Q正传"和"鲁迅"都是鲁迅先生的手迹，鲁迅签名的旁边还有一个阴文名章。我第一次看到这样鲜艳醒目的《阿Q正传》，拿起来看了许久，是一九七六年十月人民文学出版社一版一印的，版权页上有一个说明："《阿Q正传》是鲁迅先生的杰出作品。这次由北京汽车制造厂工人理论组进行了注释。在这本书中，还选辑了鲁迅论及《阿Q正传》的文章、书信七篇，并附注释者所作的《读〈阿Q正传〉》一文于卷末，供读者参阅。"我随手翻开一页，看到注释者对"精神文明"的注释："也叫'东方文明'，主要是指以孔孟之道为内容的封建思想文化，原是民国初年在华的帝国主义分子提出的。他们为了侵略的需要，教唆封建顽固势力以'东方精神文明'抵制'西方物质文明'。直到'五四'前后，封建复古主义者和侵华的帝国主义分子们仍用此以维护中国的封建秩序，排斥外来的进步思想，反对科学与民主，反对社会改革。"读着这样的注释,大有时空穿越不胜今昔之感。我随口问摊主:"多少钱?"人家说:"五块。"我就买下了。

回到家里,把《阿Q正传》重读一遍,又看看丰子恺绘图本《阿Q正传》,又看看《鲁迅全集》里的注释,感觉到几十年来,我们对鲁迅作品的解读和过度阐释,恐怕鲁迅先生也要叹为观止了吧。于是又想起这些年不时在旧书摊上重逢的鲁迅著作单行本,这一套小册子是一九七〇年代前期由人民文学出版社出版的,其最突出的特点还不在书装的清雅,而是没有注释。一九七〇年代,出版鲁迅著作,居然未加一字说明和注释,这样的做法现在想起来还是不免惊异。鲁迅著作版本众多,我也无意做藏书家的梦想,可是突然觉得,这个"不注一字"的版本弥足珍贵,于是着手从冷摊上收集、淘换。

这一套鲁迅著作单行本出版于一九七三年,由各省用人民文学出版社的纸型分别印刷发行,版权页上没有印数的记录,想来存世量巨大,这也是至今还能以低廉的价格淘到它的原因。一九七〇年代,在中国的书店里,可以买到的文学作品除此之外几近于零,大小单位的图书馆室,这是必存的图书,所以,在旧书摊上见到的散本,有些书品完好,没有被人借阅的痕迹。可是由于各省用纸不一,集中一起看,纸张的差异还是很明显的。我先后淘得有江西、湖北、福建、浙江、广东和北京印本,北京、浙江和江西的纸张稍好,福建的用纸最差。费了几年的工夫,终于收集了二十四种,还有几种复本和品相稍差的,等有机会再淘换出去。

同时,与鲁迅相关的著作,我在旧书摊上也淘到过一些,如唐弢注释的鲁迅《门外文谈》单行本(人民文学出版社一九七四年五月版)、《鲁迅批判孔孟之道手稿选编》(文物出版社一九七五年二月版）、《鲁迅手稿选集三编》（文物出版社一九七二年九月版，十六开线装本）和《鲁迅手稿选集四编》（文物出版社一九七四年八月版，十六开线装本），比之我在株洲湘江边的旧书摊上淘到的《鲁迅手稿选集四编》（十二开线装本）要便宜得多。在抱石文化街的旧书摊上，我还淘到上海书店出版社一九八五年影印的"鲁迅作序跋的著作选辑"里的《八月的乡村》（田军）、《何典》（张南庄）、《二月》（柔石），品相完好，很是喜人。

我在旧书摊上捡回的旧书里，还有一类是一九八〇年代出版的外国小说。

我小时候读过的第一本外国小说，是初中时候偶然买到的一本《隐身人》。那本书后来放在老家被我弟弟弄丢了，所以我现在连作者和译者是谁都记不起来，版权信息当然更是没有一点印象。很多年来我一直在旧书摊留心这一本小书，可是至今无缘得见。

我大量阅读外国文学作品，是在一九八〇年上了师专之后，当然，无一例外，都是从学校的图书馆里借来的。一九八〇年前后，重印了许多外国文学名著，多数是"文革"前的译著，还是繁体字排印，我记得看过的一些小说都有插图，还附有一张人物关系表，既可以作为书签，也可以帮助读者记住那些奇奇怪怪的长长的人名和他们复杂的关系。有一年暑假，我只借到一本《德伯家的苔丝》，把它反复读了几遍，《红与黑》和《傲慢与偏见》也是我最爱的小说，都读过不止一遍。一本普希金的诗集里，有一幅张守义画的普希金肖像，我把它描下来，夹在自己的笔记本里，保存了很长时间，最终是怎么弄丢的，现在当然也记不起来了。

有了收入之后，开始自己买书，但收入不高，只能慎之又慎，外国小说起初就只能买自己没有读过的。每次到书店，看到自己读过的那些小说的新版本,总是要翻翻看看,或者站读一阵。可是,一看到那种以电影剧照来做封面画的艳俗的书装,又不想买了。心里亲近的,还是张守义的封面画或者网格本的书装和版式。年岁渐长以后,也不知是怎么的,总觉得年轻时候读书贪多求快,囫囵吞枣,许多名著究竟有什么好,未必真懂得。慢慢地在心里形成一个念想,要把原来读过的外国小说找来重读一遍。开始在旧书摊上寻访老版本的外国文学名著,就是起于这个念想。

这几年在抱石文化街的淘访,收获也算有了一些。比如,我找到了外国文学出版社一九八〇年八月一版一印的《茶花女》,王振孙译,张守义封面设计;上海译文出版社一九七九年四月版的《红与黑》是罗玉君译本,上海译文出版社一九八七年十二月版的网格本《红与黑》是郝运译本;人民文学出版社一九七九年重印的《复活》是汝龙译本;外国文学出版社一九八二年六月版的网格本《巴黎圣母院》是陈敬容译本,这些都是史有定评的名著名译,也是我曾经读过的如今在书摊重逢让我倍感亲切的版本。在旧书摊上我还淘得品相完好的《乔叟文集》(上下册),是上海译文出版社一九七九年九月一版,方重译本,陶雪华书装设计。三十六年过去,这两册书上没有一点被人翻阅的痕迹,没有记号,没有签名,没有印章,连一个折痕也没有,不知道它们三十六年来存在何处,静静地等着有一天来到我的书斋。有一本从江西钢厂图书馆散出的《三仲马》,一九八一年六月天津人民出版社一版一印,贴在封三上的借书袋里的卡片上没有借书记录,书品也是完好如初,甚至让我觉得这书当初就是买下为我留存的。我至今还能记得我十六七岁时读《三仲马》和卢梭的《忏悔录》带给我的莫名的惊异和激动。

除了有意的寻访，还有偶然的巧遇。有时候，一册薄薄的文学小丛书，也能给我带来惊喜，引出温暖的回忆。冷摊淘书，是旧友重逢，是钩沉记忆，是寻找逝去的时光。

二〇一五年十一月十四日草，二〇一六年一月十七日修改于有不读斋。

株洲年会侧记

二○一四年十月二十三至二十六日，在株洲参加第十二届全国民间读书年会。本届年会由株洲新闻网、株洲图书馆承办，主题是研究当下民间读书刊物的生存状态和网络环境下的版权保护。与会的有文洁若先生、陈子善先生、王稼句先生、董宁文先生、聂鑫森先生、陈克希先生、周立民先生、罗文华先生、陈学勇先生、沈文冲先生、安武林先生、朱晓剑先生等著名学者、作家、编辑，有各地一些民间读书刊物的编者，和活跃在民间的爱书人、读书人。每年一次的读书年会成了民间读书人期待的一个雅聚，一次读书人的嘉年华。我作为一名普通的读书爱好者，获邀与会，与神交已久的师友欢聚交流，极感快慰。会议的盛况已有专业的报道，我这里记一点个人的印象，谓之侧记。

一、崔文川的藏书票

崔文川是西安著名的藏书票收藏家和创作人，读书年会的纪念藏书票就出自崔兄之手，许多书友的藏书票也都是崔兄设计、操刀制作的。我对文川先生的藏书票是久闻其名，久慕其形。崔文川先生有西北汉子的爽直，在他的新浪博客首页就公而告之："有事您请讲；喜欢看书，也经常买几本，签名本、毛边本也有些；火柴盒子、藏书票比较多，也帮朋友做一些，好玩；主编一本杂志叫《艺术画刊》，国油版雕摄影都发；有事您吭声，看能否帮点小忙，但不要找俺借钱哈。"然而我终究是个内向的人，虽然很想也做一枚自己的藏书票玩玩，还是没有贸然"吭声"。

是九月中旬，美女编辑美燕突然发来指示："我想在即将出版的《夜读记》的扉页夹或贴一枚藏书票，……请您尽快请人帮忙制作。我计划新书十一月上市，故十月中旬前所有的印刷文件须定稿。"一时之间首先想到的当然是崔文川兄。于是给崔兄致信求助，并称"事出突然，时间紧迫，如蒙俯允，感激不尽"云。只半个小时，就收到崔兄爽快的答复："卫东兄好。疏于联系，接信欣喜，所托之事，遵旨即是。我先琢磨，再当汇报。"令我喜不自胜。

十月十二日，崔兄告知票已制好，是与为钟叔河先生所制藏书票拼版，令我查看图片，如无意见则付印，制一百枚送我。我打开邮箱查看图片，一枚极富动感的藏书票呈现眼前：票面是彪悍健硕的一匹汉画奔马，左上缀以圆形红章"有不读斋"，色彩清丽，相互映衬，底下是四个粗宋繁体"卫东的书"，精美极了。

我是二十三日下午六点多到了株洲天台山庄报到的。办好入住手续，赶去吃饭，进到餐厅，远远看到崔文川和陈克希先生坐在一起聊天。我在南京《开卷》十周年座谈会上见过陈先生，于是趋前问好，然后转向崔兄自我介绍："我是易卫东。"崔兄伸过来一只大手："伟大的易卫东先生。"这样的招呼方式颇让我惊异。于是我就在这加了个座，与同桌的师友一一介绍，"久仰久仰"，"幸会幸会"。

回到崔文川房间，崔兄为我取出装在一个小纸盒里的印好的一百枚藏书票。我终于见到属于自己的藏书票实物,十分欢喜。崔兄在书票上已逐一编号签名。我一会儿想,我应该把这些精美的藏书票与我的新书一起送给朋友们清玩,一会儿又想,我应该从书房里排出自己最爱的一百本书籍,贴上属于自己的藏书票,以为镇斋之宝。一时之间,各种激动,不一而足。

二、湘江边的旧书摊

还是二〇一一年秋天,收到株洲一位书友寄来的《书香株洲》,嘱写一则短文以为评介。读过之后,对书中的宋林云、蓝祁峰、舒凡等几位人物心生好感,于是写了《带一本书去株洲》交卷。小文刊在株洲晚报,也因此与舒凡取得联系,转年在株洲网的书友会连载了一年《有不读斋日记》,于是对"湘江边的旧书摊"的声名越来越熟悉,也越来越神往。

这一回来株洲参加读书年会,到湘江边去逛逛旧书摊,自是题中应有之义。

报到的当天晚上,晚餐后就直接与书友打的前往书摊。湘江边上,在路灯映照之下,一排旧书摊渐次排开,约有百十米长,真是一道好风景。

排头的一个摊位,摊主是一位中年妇女。我一眼扫过摆开的旧书,看上了北京三联书店八十年代初版的《晦庵书话》和《书海夜航》,先把它们拿在手里,再翻看版次和品相。八十年代初,北京三联书店出版了一批书话文集,这也是书话这一文体在读书界产生广泛影响的发轫之作,其中最有影响的当然是唐弢先生的《晦庵书话》和叶灵凤先生的《读书随笔》三卷本。《晦庵书话》一九九八年二版,后来又出了《唐弢书话》,我都买了,但是一直没有见到《晦庵书话》的初版初印本,当然,一九六二年北京初版的《书话》我也没有见到过。我翻看手里的这个初版本，版权页撕破了，扉页也缺了一角，只好放回书摊。另一本杜渐的《书海夜航》，是一九八〇年三月北京三联书店的一版一印本，除扉页、书口和第十九页各盖了一个"株洲县图书馆藏书专用章"的红色方形图章，书品完好无损，甚至馆藏书常有的封底贴袋也没有，想来这本书三十四年来没有被人翻读过，于是买下。一边付钱一边梭巡，看到一本丁玲《生活 创作 时代灵魂》，是湖南人民出版社一九八一年一版一印本，拿起来看看，显然也是只有时光的印记，没有被翻读的痕迹的品相完好的书，一起买下。

我买旧书，常常心里很矛盾。有时候觉得，有一本书，几十年来一直在某个地方静静地等我，从来未被人翻读过，当我遇见它，拂去岁月的风尘，它还是初版初印的素朴模样，我觉得这是我与它的缘分。有时候又觉得，这样好的一本书，几十年来，就没有人读过它，被冷落在某一个地方，只有岁月风尘的侵蚀，徒负了美好光阴，是一件多么可惜的事情。不过有一点我还是很坚持，淘旧书，品相要讲究，是不能将就的。

移步到下一个书摊，一眼就见到几种"网格本"，是上海译文出版社一九八三年二月一版一印的《坎特伯雷故事》，一九八四年七月一版一印的《章鱼》，人民文学出版社一九八二年五月一版一印的《巴黎圣母院》，品相完好，摊主要价也算合理，当然也都买下了。

我对网格本有一种特别的怀旧情结。我在十七八岁的年纪，囫囵吞枣式地读了大量的外国文学名著，那个时候没钱买书，读的都是从学校图书馆借来的，十之八九是当时新出的网格本。那个时候的外国文学名著，有几个后来出版的同类书所没有的优点：名家所译自不必说，有一篇长长的译者序，有详细的注释,多数都有插图,还有一个可做书签用的人物关系表。每当我在旧书摊上见到网格本,就会想起自己青春年少时那一段沉迷于小说的美好时光。真的,淘访旧书,是一种回忆,是一种怀念,是一种重现,是一种珍惜。

走过几十米,到另一个摊位,有一排关于鲁迅的旧书,要价都很高。我感兴趣的是几册鲁迅手稿选编。文物出版社一九七五年十月的十六开胶订本《鲁迅批判孔孟之道手稿选编》和《鲁迅手稿选集三编》《鲁迅手稿选集四编》,摊主标价每册一百八十元,而十二开线装本则标价每本二百八十元。我家里存有《鲁迅手稿选集四编》的十二开线装本,于是拿起另两种十二开线装本与摊主还价,几个来回之后,以三百五十元成交。

一排书摊快到尽头了,有一位老者的摊位颇为冷清。我拎着一袋旧书,觉得收获满满,也有尽兴之感。于是停下来与老者闲聊:"有一位叫宋林云的旧书老板,怎么没见他出摊?"我一路逛下来,本想见见林云兄。老师傅说:"起头第一个摊位,那女的是他丈母娘。他自己有事没来吧。"哦,原来我最先淘到的《书海夜航》和丁玲的那一册书就来自林云兄的书摊。一边说着,一边看到老者的书摊上有一本旧书,封面的设计有点眼熟:拿到灯光下细看,是"晨光文学丛书"本,鲁迅译的《一天的工作》。摊主说,民国的老书,五十块。可惜,品相不佳,版权页缺损,不是我能接受的程度,只好放弃。等我第二天晚上再来的时候,我还留心看了一眼,那书不见了,不知被哪位老兄拿下了。我还一直在心里犹豫:这本书,五十块,还是值得。

我拎着书袋往回走,遇到陈克希、崔文川、傅天斌、姜晓铭、季米几位结伴而来,大家正在交流收获。季米兄买了一册《三遂平妖传》,说这是小时候看过的书,买一本留念。看来我们都有怀旧情结。晓铭兄买了巴金《探索集》和《病中集》、杨绛《洗澡》的一版一印本，十分欣喜。崔文川兄拿着那本《晦庵书话》说这书他家里至少有五本，看来这是他的特别喜好，连扉页有缺损也不计较。老法师陈克希先生则成了书友们选书的高参。据说他指导傅天斌兄出价四百元收得一部日本皮纸印本，崔文川兄买的《鲁迅手稿选集四编》和《鲁迅批判孔孟之道手稿选编》十二开线装本，只花了三百元。我只好暗自叹息，脱离了组织，未得老法师指教，多交了五十块学费。本来这五十块，买下那册"晨光文学丛书"本鲁迅译的《一天的工作》，多好。

三、喜遇黄岳年

从书摊回到天台山庄，已是十点多钟，可是兴奋的劲头没有过去，大家都在串门聊天。我把一包书放回房间，想去二楼找董宁文兄聊聊，在走廊上遇到黄岳年兄。无须介绍，一见如故。

我与岳年兄相识于"天涯"，已有六年光景，其间我们以书会友，相互交流，加之我们都是中学教师，更多了一分亲近。岳年兄学中文，精书道，古文功底深，知识涉猎广，都是我所不及的，几年来我以兄长视之，获益匪浅。年会之前，就从与会者名单中知道岳年兄会来株洲，很是欣喜。

没有什么客套，我跟着他直接去了他的房间。与他同住的是厦门的曾纪鑫先生。相互介绍之后，我拿出预先准备的《花笺日记》，请岳年兄题字留念。岳年兄提笔写下两行大字："书缘深深深几许，最喜株洲湘水情。"然后是三行小字："全国十二届读书年会与易卫东先生相逢喜不自禁为写数字誌念"并落款钤印。岳年兄真是想得周到，他还随身带着名印。题写完毕，他不紧不慢地从包里抽出一个本子，让我也写几个字。我一看，不免紧张。本子的第一页上是岳年兄头天在长沙念楼拜访钟叔河先生时，钟老的题字。我文思滞涩，又拙于写字，捧着这个本子，只觉得被岳年兄反将一军的为难，只好自嘲地嘟囔："这真是自取其辱。"想了半天，勉为其难写了十六个字："相识天涯，神交书海，幸会株洲，快何如之。"看到自己写的四行字渐写渐小，羞惭无已，草草交卷，转请曾纪鑫先生题字留念。曾先生接过本子，大笔一挥："腹有诗书气自华。"我觉得能写一笔好字，真是一件很令人羡慕的事情。

四、旁听预备会

从岳年兄房间出来，我还是想去找宁文兄聊天。到门口一看，年会筹备组的几位正在开预备会，安排会议的议程。我拿不准他们何时结束，就一边坐下来旁听。

是舒凡在说着会议的议程安排，一边说着，一边征求陈子善先生的意见。子善先生是年会主持人，舒凡把几个环节一一交代，大家提建议，抠细节，安排得井井有条。我看看几位筹备者，觉得他们真是辛苦，心里说着谢谢。筹备组是陈子善、董宁文、李传新、朱晓剑、周立民、舒凡六位。

承办一次年会，是一个很辛苦的事情。坦率地说，与会的各路朋友，并无统一组织，又多数是散淡之人，会议的组织、发言，若无精彩之处，大家各找各的朋友开起小会，就不易收拢，这样的可能也不是一点都没有的。我看到筹备组各位真是精心设计，细到大约留多少时间给文洁若老先生讲话，都有预案：万一老人家拉拉杂杂，不易收住，而又不能打断她，如何在其他环节调整过来——第二天的事实证明，老先生思路清晰，言简意赅——还有领导致辞的环节，还有赠书环节，选择上台的书友代表,以及下午自由发言阶段的两位主持,都有细致的准备。

第二天的会议果然精彩。主持人陈子善先生的急智与幽默,发言代表的独特见解,听会者的热烈互动,都让人不由得想起那句党报上常用的套话:这是团结的人会,胜利的人会。我觉得特别温暖和感动的,是书友的发言中对没有到会的范笑我兄在秀州书局的贡献给予的高度评价。这充分说明,这样的一个民间读书年会,不是一个毫无意义的自娱自乐,而是切切实实地在思考,在关注,在呼吁,在为传播书香做着自己的努力。这样一些貌似自由散漫的读书人正在做着很有担当的事业。

五、师友题字

年会的间隙,一个重要的节目就是请师友题字。

会前舒凡女史电话里说,这一次读书年会有文洁若、钟叔河两位老先生与会。我想,两位先生年事已高,我能见到他们的机会更是绝无仅有,应该带些书去请他们签名。我对钟叔河先生的散文很喜欢,他的著作我基本收齐,要全带去当然不可能,于是选了我最早买的《书前书后》和装帧精美的《记得青山那一边》两种。文洁若先生的著作和译作,也有多种,还有许多萧乾先生的著作,想来想去,也只带了《我与萧乾》和《梦之谷奇遇》两种。还有其他师友的著作,要带去签名,一个箱子也不能装下,于是只带了陈子善先生的《拾遗小笺》和王稼句先生的《采桑小集》。为了弥补不能带书去签名的遗憾,我准备了一本《花笺日记》,让师友们在日记本上题字留念。

上午年会的间隙,我带着书和日记本,请文洁若先生、陈子善先生、王稼句先生签名留念。文洁若先生签名之后,我请老人家在日记本上写一句话,文老说:"那我写一句萧乾的名言吧。"

文洁若先生一笔一画地写了"尽量说真话,坚决不说假话。录萧乾名言,与易卫东同志共勉。文洁若"。老人家认真写完,我恭敬地接过日记本,不胜感激。钟叔河先生因家人劝阻,没有与会,我也留了一点小小的遗憾。

我与陈子善先生、王稼句先生都不是第一次见面。陈先生还记得我来自新余。陈先生当年在峡江插队,二〇一〇年在南京时,陈先生还与我说起:"每一次回上海,都要经过新余。"峡江是新余邻县,当年陈先生回上海,要先到新余转乘火车。陈先生接过本子,停了一停,写了一句:"我们都是江西老表。"我觉得,有子善先生这样的"江西老表",真是与有荣焉。

稼句先生的题字于我是一种鼓励:"卫东先生好书好读书如有嗜癖故引为知音。"陈克希先生的题字是一种鞭策:"卫东兄熟读典籍,诲人无数。"李树德老师的题字表达了我们共同的感受:"读书交友,人生之乐。"李传新老师也有同感:"与卫东书友相聚株洲不亦快哉。"冯传友兄则说:"与书结缘,书之幸也,人之幸也。"

马国兴兄的题字诗意盎然:"你的眼睛,解救了书页的囚徒;白色解救了白色,黑解救了黑。"苏海坡先生题写了:"悟对书页,邂逅灵魂深处的自己。"周立民先生题写了长长一段话,充满哲理:"书让我们超越、扩大了自我,让世界与历史来到我们眼前,一个人的生命有了背后这么丰富的积存,那就不是一个简单的人。"聂鑫森先生录古人语,给我以警策:"忙一分,惯一分;静一分,慧一分。"

还有董宁文、陈学勇、沈文冲、张阿泉、安武林、吴昕儒、自牧、杨栋、崔文川、朱晓剑、吴浩然、谭宗远、杨靖华、方八另、周春、吴文武……诸位师友充满友情与鼓励的题字,让我看了又看，读了又读，心里无比温暖。

给我意外惊喜的是，二十七日姜晓铭兄与王稼句、吴眉眉同往长沙拜访钟叔河先生，晓铭兄特意为我求得一张钟叔河先生题字的书签。晓铭兄回家以后，挂号寄我。书友情谊，令人铭感。

六、"资深书友"

吴昕儒兄在《株洲年会日记》里说，我们是"资深书友"。我对这个说法深以为然，也深感荣幸。

我记得是在二〇〇七年深秋的一个星期天，我赶到南昌去见从进贤开完年会的董宁文兄，同时也见到蔡玉洗先生和金实秋先生，我才第一次知道有"全国民间读书年会"这样一个爱书人的雅集。我从此开始期待这个年会，关注这个年会，并开始通过网络与参与年会的师友交流，向他们请益。

这些年里，是网络、年会、读书民刊这些媒介，让民间读书人有一个精神家园，形成一股团队的力量。这些年里，也是网络、年会、读书民刊这些媒介，让我认识了各地的爱书的朋友。许多书友，神交多年，缘悭一面。这一次读书年会，我见到了这些"资深书友"：吴昕儒、杨栋、阿滢、黄岳年、姜晓铭、马国兴、崔文川、朱晓剑、徐玉福、冯传友、张阿泉、周春都是第一次见面的老朋友，平时在网上交流，或相互赠书，或互通信息，我得到过他们许多帮助，受益良多。

还有一些以往见过的师友，再次相聚，格外亲切：陈子善先生、王稼句先生、陈克希先生、自牧先生、金实秋先生、沈文冲先生、董宁文兄，他们的学殖深厚，谦逊有礼，待人亲切和善，都给我很深的印象。这一次年会认识陈学勇先生，意外获知我们原是校友,更是格外亲切;而与我同居一室的杨靖华先生,也算大同乡,有一天晚上,我请他讲他在"文革"时期的经历,直至深夜,老人家历经风雨而性情淡泊,可亲可敬。

古人说,独学而无友,则孤陋而寡闻。有这样一个读书年会,把散居在天南海北的"资深书友"聚在一起,可以聊天,可以叙旧,谈掌故,说故事,书里书外,读书读人,是一件多么愉快的事情。

二○一四年十一月二十日于有不读斋

西北纪行

　　从西北回来一个多月了。一直想给你写信，报告这一次西北之行，可是回来正赶上大暑，天气热到了有记忆以来的极限，实在是什么也不想干。立秋以后稍凉了一天，旋即反弹；奥运会一开幕，就更加有了不干什么的借口，整天看电视，只读完几本人家送的杂志和在兰州买的两册小书。

　　去张掖参加第十四届全国民间读书年会，这是早就筹划好了的，车票和机票也提前一个月就订好了，那天在微信上突然看到你在祁连卓尔山，知道你已到青海，并将到敦煌、张掖、兰州，我就想，我们的日程安排里，如果有一天能在兰州相遇，真是再好不过了。我们有好多年不见了，你排算你的行程，说我追不到你，我们又将擦肩而过，真是让我很有些失落。车票和机票都无法改签，我也只能悬想你的行程，然后又想我也要去你刚刚去过的地方，就想起李敖说的，人家的缘分似海深，我的缘分浅。

　　我是七月十五日出发的。先乘高铁到长沙，转磁浮列车到黄花机场，再飞兰州中川机场，转机场大巴到兰州城内，就在兰州大学对面找了一家酒店住下。交通是便捷，以往绿皮列车要走两天的路程，现在大半天就够了。年会是十七日报到，我计划先在兰州玩两天，十七日下午再到张掖。

在酒店安顿好，出门去吃了一碗牛肉面。到兰州，当然吃牛肉拉面。吃过面条，已是傍晚，也没个去处，就在兰州大学的校园里转了一圈。校园不大，我匆匆一游，也没有见出什么特色，只记得正对校门有一块黑黢黢的大石头，是冰川擦痕石巨型标本。据介绍，这块冰川擦痕石标本，是兰州大学地理学实习队二〇〇八年六月十一日在冷龙岭宁缠河三号冰川末端发现的，高四点八米，宽二点八米，厚一点七米，重约四十五吨，系古生代变质岩，弥足珍贵。石头上刻了两行红字："读万卷书穷通世理，行万里路明德亲民。"我想我即将参加的读书年会和这一回的西北一游，与"读万卷书，行万里路"倒是应景，"穷通世理"那是愿望，"亲民"云何则与我等身份不合。一笑。

回到酒店安排明天的行程，决定去刘家峡看看。刘家峡在临夏永靖县境内，距兰州八十公里，因是旅游景点，车子很方便，在路上随便问了一位老先生，说到汽车西站就有去刘家峡的班车。十六日一早起来，在路边摊点对付了早餐，就往汽车西站而去。到得西站，买票进站，几乎没有候车，就赶上一趟往刘家峡的班车。

刘家峡水电站是黄河干流上建成的第一座百万千瓦级水电站，从一九五八年开工，一九六一年又停，一九六四年再上马，到一九七五年基本建成，历时十八年，其中的主要工程都在"文革"时期完成，也可算得是一个奇迹。刘家峡水库蓄水容量五十七亿立方米，库区长约五十四公里，库尾就是炳灵寺。从刘家峡水库登上快艇，逆流而上，入峡奇峰对峙，千岩壁立，景色很是壮观。特别是快到炳灵寺景区时，黄河在这里拐了一个大弯，拐弯处红砂岩丹霞峭壁奇峰竞秀，万仞绝壁临水而立，雄奇挺拔，多姿多彩，像是在黄河北岸矗立了一个巨大的画屏，连绵的奇峰异石与奔流的黄河之水,勾画出一幅绝美的山水画卷。系舟上岸,只见阳光照耀下的"画屏"在波涛汹涌的黄河映衬下,熠熠闪光。

炳灵寺就在这个画屏之后的小积石山中的一条沟里,沟也因寺而名,称为人寺沟。人寺沟内是新生代早期白垩纪红砂岩堆积而成的丹霞地貌,依山畔水,秀美壮观,沟口的一对姐妹峰也是秀美婀娜,颇有神采。我看石窟的说明介绍,石窟始凿于西秦,后经北魏、北周、隋、唐、宋、西夏、元、明、清各代不断增修扩建,现存窟龛一百八十五个,造像七百七十六尊,壁画九百一十二平方米,还有一些造像和窟龛在被库区蓄水淹没之前做了专门的封存处理,淹沉于水中。无法悬想,这样的处理,究竟是"存"还是"毁"。

船工给游客预留大约一百分钟时间,我只沿着大寺沟的壁画和石林巡游一周。最为醒目的是高达二十七米的唐代弥勒大佛和身长八点六米的泥胎卧佛。据说,这是我国目前现存的唯一一尊北魏时期的卧佛。"炳灵"为藏语音译,其义"万佛",炳灵寺是丝绸之路上河西走廊现存最早的佛教石窟寺,石窟艺术与石林景观交相辉映,就我这样对佛教和艺术都毫无了解的外行看看,也深感震撼。

游览完毕,登上快艇返回刘家峡电站,快艇在海拔一千八百米的高峡平湖上顺流而下,比来时更感到浑身舒爽,心旷神怡。

回到兰州也才下午四点多钟,于是沿着黄河风情线从汽车西站一路走到南关十字街,途经黄河母亲雕像,建于一九〇七年的黄河铁桥等景点,走得累了,还在河边公园里坐下,听了一回秦腔。

十七日有一个上午的时间,决定去逛逛书店。打开手机一查,我住的酒店附近就有一家民营书店,叫作纸中城邦图书城。

以我的经验，民营书店比新华书店更值得看看。最近些年，我在新余几乎不进书店，只在周六时逛逛旧书摊。新余仅有一家新华书店，他们吃定了教材教辅，其他的社科图书品种少，上架迟，不值得去看。可数的几家小书店都开在校园周边，那不叫书店，只能说是教辅资料铺。我现在买书，都是先有书讯，找准目标，直接上网店。所以，逛书店，特别是在书店时有意外惊喜的体验，已经久违了。一进纸中城邦，看新书推介，再从一层到二层，一个一个分类书架看过去，发现自己不知道的好书还真有不少。看看介绍，读读书序，翻翻后记，瞧瞧目录，欣赏书衣，这本摸摸，那本摸摸，居然盘桓了两三个小时。在一个书架看到有几种"书魅文丛"，有些各有三册，而《夜读记》只有两册，就不免虚荣地想，也许在兰州有一位读者买了《夜读记》呢。

书当然不能多买，关山万里，带书回家是个重体力活，可是俗话说"贼不走空"，书虫进了书店不买一本两本，心里也不是很踏实。挑了三本小册子，是朱光潜《谈文学》，瞿蜕园、周紫宜《文言浅说》和陈来《山高水长集》。在文学方面，我常常感到自己缺乏常识，《谈文学》和《文言浅说》是名家经典，又轻便趁手，可以在火车上读一读。

下午一点多动车从兰州西站往张掖西站，在车上看手机微信，知道有株洲舒凡也在同一列车上，还有陈子善、王稼句、徐玉福几位已从机场到兰州西站，就在随后的一列动车上，心里有了就要与组织汇合的快慰，安下心来，读完半本《谈文学》，也就到张掖了。

一出站，看到大幅的关于读书年会的广告牌，张掖市和甘州区都把这次读书年会纳入本地的全民读书活动。确实，对于这样一个地处河西走廊的西北小市，一次能集中到来像陈子善、王稼句、周立民、罗文华、徐雁、蔡玉洗、董宁文、王振良、崔文川、倪建民、陈克希、王振羽、吴昕孺、朱晓剑、冯传友等等这样多的知名学者、作家、编辑,与读者交流,举办专题讲座,是很难得的。年会的组织者把与会的民间读书人代表的照片和简介制作成大幅的喷绘广告,高悬在图书馆前,我的照片也混迹其间,享受这种高规格的礼遇,算是做了一回明星。

民间读书年会,原来是由蔡玉洗、董宁文等《开卷》编辑组织发起的民间读书刊物研讨会演变而来。我也是在二〇〇七年的进贤读书年会之后,得以结识董宁文先生,而逐渐进入到这个"民间读书人"的群体之中。读书或者爱好读书,从来就没有所谓"官方"和"民间"之分,我自己业余读书几十年,没有想过要读而为官方,或是读而在民间,只为自己闲余时间里找个乐趣。也许,处庙堂之高,必须读指定的读物,可以视作为官方的读书,居江湖之远,能够读自选的书籍,可以视作在民间的读书? 现在政府几次三番号召建设书香社会,提倡全民阅读,我这样日常读书消遣的人也被推举为"书香之家"予以表彰,算是为书香社会的建设做了一点贡献,这也可以反证,爱好阅读的人确乎是日见其少。

车站的出口处有年会的工作人员接站,只要自报家门他们就认,我和舒凡、蓝祁峰一道,被他们接到了指定的酒店。张掖市或者说甘州区的城区并不很大,我住的酒店就在市中心鼓楼左近。报到,领上会务资料,在指定的房间安顿下来。真是巧,同住一间的是兴化的姜晓铭兄。

六月的一个周六上午,我在抱石文化街的旧书摊上淘得一册王稼句著《枕书集》,因有复本,在微信群里显摆了一下,当即就有几位书友提出要我转让,自然是先提先得,书答应送给了晓铭兄，为此我还写了一篇《〈枕书集〉之外》，记录这一则书友交流的佳话。当时约定，把书带到张掖，请稼句先生题签之后再送给晓铭兄。一安顿好行李，我立即把《枕书集》奉出，晓铭兄也早有准备，带来四叶邹昌霖先生兰花写意小品赠我。

晚餐与罗文华、王振羽、陈克希、吴昕孺、李传新、刘涛、吕浩、傅天斌、任文诸位同桌。王振羽先生是我在南京《开卷》十周年座谈会上见过的，他不认识我，我介绍自己的名字，并戏说这个在中国同名率最高的名字的由来。振羽先生笔名雷雨，闲谈之时也声震屋宇，爽朗大笑时更有雷霆之势，快人快语，十分健谈。山西刘涛和陕西任文二兄都是初见，但之前也多有交流，互赠过书刊。其他几位都不是第一次见面，是昕孺兄所谓"资深书友"了。

张掖与江西可能要相差一个时区，要到二十一点才近天黑，晚餐之后，太阳还没有落山。我们一路走到图书馆，去参加作为年会前奏的定于晚八点开始的曾纪鑫作品分享会。当地的书友很热情，早早就坐满了，见我们到来，又挪出几个座位给我们。曾纪鑫从他的阅读经历讲到他的小说创作又讲到他的"大历史散文"。只是他讲的时间稍微长了一点，如果对他的作品不是相当的熟悉，听来会有点隔阂。后来我们听说还有专门远道而来的读者，带来自己创作的长篇小说与曾纪鑫作了深入的交流。可见读者对他的作品熟悉喜爱，也说明这样的读书分享活动对一些业余作者还是有鼓励和带动的作用。

许多朋友晚上才到，甚至还有将在凌晨抵达的。每一次年会，报到的当天晚上总是要很晚才睡。聊天、赠书、签名、合影，都是必有的节目，还有一伙酒友，一定要喝个痛快，深夜才归。留心观察，可以看到大学者自有过人之处。我看到陈子善先生闹中取静,在一边记着日记,很特别的是,有一小块纱巾覆盖着已写过字的部分,也许是为不让人"偷窥"?记的是刚得的赠书,还是一时的感悟,抑或别人的妙语?不得而知。次日清晨,我早起后到一楼的酒店门厅溜达,也正巧看到陈克希先生独自在茶几上写着什么。我向他问好,他径自说"写点日记",说是记点好玩的事。第三日的清晨我再次看到陈克希先生在那里"记点好玩的事"。两位陈先生的日记将来若能发表,一定大有可观。

十八日,是年会开幕的日子。我们被要求八点前赶到甘州图书馆,在图书馆后美术馆前的会演中心集合,先合影,再开幕。

盛大而隆重的开幕式之后,是徐雁先生的主题报告《最是书香能致远》。徐雁先生致力于全民阅读推广的研究,卓有成效。我对他所讲的分众阅读、分地阅读、分级阅读的观点,留有印象。他更多地讲到读书与修身,阅读与向善,"月读一书,日行一善",特别是对青少年的阅读指导,使青少年通过阅读习惯的养成,在成人的过程中成长,在成长的进程中成才。

下午则是几个讲座同时进行,分成四个会场。主会场是《我在书房等你》《问津书韵》新书发布和民间读书论坛,三个分会场是陈子善先生讲张爱玲研究,周立民先生讲巴金与《随想录》,陈克希先生讲旧书版本鉴赏。主会场的论坛又分出几个专题,岳年兄分派我与冯传友先生一起主持其中的一个专题的讨论,我自然不便离场,结果我很想去听听陈子善先生讲座的愿望也落空了。

读书人好书而至于贪书无厌,是所谓"文雅的疯狂"。如果一沓子钞票放在桌上,约定每个人可自取几张,也许读书人还会矜持一下。会场的一角,摆放了一堆书,说是赠品,这些读书人毫不礼让,以争先恐后形容也不为过。连好几斤重一套的《张掖市甘州区文史资料》和《金张掖民间宝卷》这样的摆明了抢回去也不会细看的地方文史图书，也很快就被一抢而空。这边论坛的精彩发言也没有人听了，会场一时失控。我也一边参与抢书行动，一边不免还想，如果把赠阅的图书事先作为会议资料人手一份发放下去，论坛的秩序一定会正常得多。有几个专题的持续了三个多小时的读书论坛，在热闹的气氛中结束了，仔细回味，有几位的发言是很精彩的，比如说王振良就《问津书韵》的编辑谈到原生态民间记忆的不可靠，比如吴昕孺对纪实文学和虚构文学在面对人生的苦难深度和精神高度时的作用，都有精辟的论述。

在晚餐和将于晚八点开始的《甘州乐舞》表演之间，有约一个半小时的空档，我去看了一下木塔和大佛寺。据记载，张掖木塔始建于北周甚至更早："释迦涅槃时，火化三昧，得舍利子八万四千粒，阿育王造塔置瓶每粒各建一塔，甘州木塔其一也。"后经多次重修。现存木塔重建于一九二六年，塔高三十二点八米，八面九级，每级八角有木刻龙头，口含宝珠，下挂风铃。塔身整体没有一钉一铆，全靠斗拱、大梁、立柱，纵横交错，相互钩结，是完整而坚固的木质结构，造型美观，构制精细。只是木塔已整体封闭，不得登顶远眺，无法一览张掖市区夜景。恰其时也，竟亦无风，木塔风铃之美妙乐音也不得与闻，颇感怅怅。

始建于西夏的大佛寺与木塔仅一路之隔。大佛寺是对游客开放的，不过我去的这个时间已经下班，只能在外面望望。大佛寺有中国现在最大的室内卧佛像，佛身长达三十四点五米，肩宽七点五米，耳朵四米，脚长五点二米，据说大佛的一根中指上就可平躺一人，耳朵上可容八人并排而坐，可见其庞大。大佛寺内还藏有罕见的明代手书金经《大般若经》和全国保存最完整的明代官版初刻初印本《北藏》。这些都是极为珍贵的顶级文物,游客当然是不可能轻易得见的。在张掖城里,走不多远就能遇到几百年乃至上千年的历史古建筑,著名的镇远楼即鼓楼,更是就在我们每天来回的必经之路上。"历史文化名城",果然。

姜晓铭兄中午就去了敦煌,我的房间空出一个床位,董宁文兄来住,难得有机会可与宁文兄秉烛夜谈。宁文兄聊起他今年编辑的几种图书即将出版,也让我充满期待。宁文兄主编的"开卷书坊"系列我都有购藏,有些毛边签名本,也都是请他代为谋求的。"开卷文丛"和"开卷书坊"系列已经成了一个口碑甚佳的图书品牌,选题、装帧、作品质量,在读书圈里都得到普遍认可,作者们有作品加入其中也都引以为荣。我也正在编一本自己的近作,但未敢向宁文兄提出加盟书坊的想法,觉得自己的文稿,还是应该再斟酌修改,放放再看。聊到一些书界人物,宁文兄的评价也有颇出我意外者。我只就出品说话,宁文兄与出品人有深度交往,他的评价自有道理。

十九日,是年会安排的采风时间。目的地有两个,一是丹霞地质公园,一是肃南裕固族自治县的康乐草原。

张掖是多种地质地貌的集成之地,戈壁沙滩、湖泊湿地、森林草原、雪山冰川,都能在这里看到。当然,最为知名的还数丹霞地质公园和康乐草原。

七彩丹霞距张掖西去三十八公里,丹霞地质公园占地面积五百二十九平方公里,其中彩色丘陵景区面积约为五十平方公里。站在观景平台,极目远望,苍苍莽莽,连绵起伏的丘陵,层级错落,色彩斑斓,气势磅礴。导游反复提醒我们只能走在铺好了木板的游步道上。走近山体仔细观察,可以看到经过千百年风化的砂质岩体,几乎一触即碎,确实经不起踩踏。试想一下,几百平方公里的山体几乎寸草不生，生态是极其脆弱的。岳年兄请几位擅长书法的先生在游客中心为公园题词，尔后我们自然被特别优待，直接把我们送到了色彩最为炫丽的核心景区。我突然觉得，如果一个人站在那样的山头，四顾茫茫，真会幻想自己是在外太空的某个星体之上，或者觉得回到了鸿蒙初开之时的洪荒之地。

从丹霞景区出来一路往南就到了裕固风情走廊。一路都是坎坎坷坷，两边的山体就是那种一触即碎的砂质岩体。因为近距离观察过丹霞山的岩质，就会想象路边的岩体随时可能坍塌。果不其然，走了一半，说是前面道路塌方，正在抢修。我们又走了一段回头路，休息一阵之后，重又出发，到那塌方之地，路障仍未被清除，为安全起见，我们下车步行，让空车在路障之间徐徐通过。重新上车之后，只转过一个山头，眼前的景色就完全换了一个世界。天高云淡，风动经幡，高原绿草无际无涯一直延展到远处的祁连雪山脚下，湛蓝的天空美得令人心醉。裕固族的帅哥美女以祝酒献歌和敬献哈达的隆重方式把一干人等引入餐厅，我们也实在饿得有点着急了，饿了之后吃什么都美滋滋，我快吃饱了的时候才上手抓羊肉，也不管吃撑了，还是狠狠吃了几条羊排。饭后在那样辽远旷美的草地上胡乱溜达，尽情远眺，真会有点舍不得离去。后来了解，八十年前，那里曾是红军西路军与国民党军恶斗的战场，真有不胜今昔之感。

每一次年会在闭幕式之前都有一个下届年会主办权的申办仪式，这一次的年会闭幕式安排在明天下午，而多数朋友都计划明天离会，真正留下来参加闭幕式的恐怕不足半数，于是临时动议把申办仪式改在晚餐期间进行。一方面是人家早有准备，二也是多方支持，虽然有五家提出申办，但周音莹代表的《越览》还是没有悬念地取得了下届年会的主办权，书友们都期待明年诸暨再会。

二十日，我上午九点多从张掖西站坐动车到西宁，在西宁站出口处的一家旅行社报了青海湖二日游的拼团。导游说明天一早七点在西宁大厦门口乘车，所以我就在西宁大厦附近找了一家酒店住下。一切安顿好，就中午了，决定先去吃点本地特色，再来个西宁半日游。在东关大街，见到一家清真手抓羊肉馆，要了一斤羊肉，一个盖碗茶，和一点蔬菜。羊肉鲜嫩无比，确是美味，我独坐一桌，慢吃慢喝，没能把它消灭了，只好把羊肉打包放在随身的旅行包里，留待晚上再吃。

西宁倒也不大，一个长条形的市区，我从东关大街，一路走到西关大街，沿途最具特色的建筑当然是东关大街大清真寺、马步芳公馆和青海省政府的大牌楼。东关街大清真寺建于明朝初期，距今有八百年历史，历经重修，占地一万三千平方米，是一座气势恢宏的建筑群，有鲜明的伊斯兰建筑特色。我只在外边看看介绍，没有进去，因为我自知对伊斯兰教完全没有知识，担心举止不当会有不妥，只好敬而远之。

到正十字街，大约是西宁市中心，见到有新华书店，手机百度"西宁书店地图"，发现南去不远还有一家西北书城，于是决定到西北书城去逛逛。逛逛也就逛逛，书是不能买了。在张掖收到的几十册书打包快递寄回了新余，临走又拿到《我在书房等你》样书十册，只好塞在旅行箱里，旅行箱已是满满当当没得一丝缝隙。不买而仍要逛逛，无非是杀杀书瘾，这就是所谓癖好，其实已经很病态了。古话说，独有书癖不可医，那就是没得治了，只好由他。

逛了半天，打道回府。找到一路能直接回到酒店的公交车，买点水果，买个西北大饼，就着手抓羊肉一对付，洗洗睡了，准备明天开始的青海湖三日游。

二十一日。七点上车，是一个三十五人的拼团，将在一起完成青海湖三日游的旅程。一出西宁，下起雨来，我只听得导游央金卓玛说要四五个小时才能到第一个景点，就在车上闭目养神。也不知多久，迷迷糊糊中车子停在了一个服务区，是让大家下车方便的。我在服务区的围墙上看到一组宣传画，原来我们走的正是唐蕃古道。唐蕃古道是唐朝开通的从长安通往西藏的交通大道，文成公主远嫁吐蕃王松赞干布，走的就是这条大道。此刻我们休息的服务区正在日月山上，天还下着小雨，云雾之中海拔三千多米的日月山静如处子，有出于尘世之外的安详。翻过日月山，再经倒淌河，汽车一路行进，往茶卡盐湖而去。

茶卡盐湖在海西州乌兰县茶卡镇，湖面海拔三千零五十九米，大约有十个杭州西湖那样的大小。天气晴好的时候，巨大的湖面似明镜一样倒映着天空的云彩，水天相映，天地连接，人在湖面行走，宛若云中漫步，所以，茶卡盐湖有"天空之镜"的美誉。不过今天，我们从出发开始，雨一直下，也看不出要停止的意思。导游央金说，等到茶卡盐湖，雨还不停，那就只有雾茫茫混沌一片，啥也看不见了。

到底是天不负我。我们的车子到茶卡镇时，云开雾散，雨住天霁，茶卡盐湖撩开了她的神秘面纱。我沿着观光步道一直走到尽头，脱去鞋袜，赤脚向游人稀少的湖心深处而去。我站在湖中，仰望一碧如洗的天空和洁白的云朵，湖面倒映着天空，云朵在湖水中漂移，仿佛置身于梦幻之中，听见了风中的召唤。

午餐之后，我们稍事休息，下一站是青海湖西面的黑马河。在青海旅游，略感艰难的是路上的奔波。车子在高海拔的盘山路上行进,一路上虽然谈不上很强烈的高原反应,但胸闷气短的感觉还是会有一点,在车上也不能安稳地睡着休息一会儿。同车有一对河南夫妇,约莫五十多岁,那女士高原反应比较强烈,车了一路颠簸,她瘫软如泥,一到景点,也没有观景的兴致。我看她这一趟,纯属受罪。

到黑马河已是入夜,用过晚餐,就九点多了。晚风略有凉意,如果有兴致,漫步草原,仰望星空,或许蛮有情调。美好的情调合该与人分享,我独感疲累,早早睡去。

二十二日。早起看日出,酒店有自备车,七座,每人十元可拉到湖边,等候日之将出。有人用手机查看网上预报的日出时间说是六点零八分,又说是六点十二分。酒店到湖边,也不过三五分钟车程,五点四十,湖边已乌泱乌泱满是看客。有装备精良的,支好三脚架举着长焦镜头不断取景,有手持单反相机不断游走移动想找到一个合适的位置的,更多的人举着手机一阵乱拍。贴着湖面,在地平线之上,是一条长长的乌云带,直到六点十分,也没有一丝日出的意思。许多人等得意兴阑珊,突然听到有人说"快了快了",人群就骚动起来,也只是看到从云带的后面,透出来一丝两丝橘黄的微光。不多一会儿,光线变为一束,从一个乌云的缝隙里射出,光影在湖面的柔波里跳跃,云带似乎镶着一条金边。又一会儿,光束和金边明亮起来,想是太阳已经跃出了湖面,我们没能看到那"一跃"的瞬间。直到终于从云间的空隙里,看到一整个橘黄的太阳,它已经升起好高了。大家的兴奋里都有一点不满足,恋恋地收起兴致,往回走。

等我们回到酒店,那些没看日出的已经吃过了早餐,我匆匆吃过两个馒头,汇合到旅游大巴上。央金说,下一站,二郎剑景区。

二郎剑景区在青海湖东南。其实，以青海湖之大，去任何一个景区看湖，也都是管窥一斑。天气是真好。蓝天映印在湖面，水天相接，湖水呈现着蓝宝石一样瑰丽的色彩，一边是浩瀚沉静的湖面，一边是优美宽广的草原，草原与湖水的对接，成就了青海湖的博大之美。我与同伴租了一辆两座自行车，在湖边畅快地骑行，极感舒爽。

　　导游央金告诉我们，因为环青海湖国际自行车赛的影响，有些路段要封路。我们被要求提前赶到祁连卓尔山去，把原计划明天上午游玩祁连卓尔山的安排改在今天，这样，明天一早可以赶在祁连县封路之前离开祁连卓尔。我们只好压缩在二郎剑景区游玩的时间，吃过午饭，立即出发。

　　从二郎剑到祁连卓尔，一路都在祁连山脉的群山之中穿行，忽而盘旋上行，忽而蜿蜒而下，翻过的一个海拔最高的山口，是大树桠山口，海拔四千五百一十二米。大巴稍停，让我们在山口拍照留念，确实，动作稍一急促，便会感到气短胸闷，只能缓步而行。

　　到达祁连卓尔山，已是六点多钟，离景区闭门谢客，也就一个多小时了。

　　果然，夕阳下的祁连卓尔山另有一种恬静之美。从山顶俯瞰，山坡被整齐地切成了不同的色块，绿的是青稞苗，黄的是油菜花，山下的小镇，白墙红瓦，一条小河穿镇而过。视野深远处的雪山，和雪线之下的森林，又呈现出另一种层次的色调。夕阳西沉的时候，漫天的彩霞与小镇的红黄绿白相映照，真有尼德兰画派的油画的意蕴。

　　下山之后，用过晚餐，导游说接到旅行社通知，明早七点开始交通管制，我们必须在早晨五点左右出城，才能在封路之前离开此地。稍事整理,早早睡下。

二十三日。早晨五点起床,五点一刻集中早餐,五点半就上车出发了。才出县城,道路已被封锁,堵了十几辆车。接近六点半,我们的车子终于突出重围,上了高速。

到达门源花海景区,还不到九点钟。导游说,我们有足够多的时间慢慢游览,十一点半用餐。

门源花海,号称百里油菜花。但是,老实说,一路看来,我已经有点审美疲劳了。小时候上学路上,要走过大片的油菜花地,油菜花在我眼里,实在是寻常之物。在祁连卓尔山看花,那是远观,欣赏色块的搭配,与其说那是看花,不如说是在看画。而在门源,置身油菜花中,俯身细看,只觉其多,未见其美。此一感受,用接受美学的理论,未知作何解释。总之,我只找寻一个清静地方坐下。坐下,休息吧。

吃过午饭,又得到通知,自行车赛车队即将到达门源,我们要等到这个赛段比赛结束后,解除交通管制,才能放行。

既然这样,那就干脆到赛道边去,加入围观的队伍,看一回现场比赛。

等了足足有个把小时,先是领队的摩托车队呼啸而过,然后是电视转播车开了过来,空中航拍的直升机也在头顶盘旋。只听得人群一阵骚动,看到第一方阵的自行车队一闪而过,我才看到他们的背影在前方消失,后面的车队又来了,一阵车流似海浪涌过,人群还没有激动两分钟,就都过去了。散了。

我又回到导游这边问问何时出发。导游说,三点半。我一看时间,还不到两点。

耐心等吧。趁着这个时间,我用手机上网订了明早八点从兰州飞长沙的机票。西北之行已近尾声,我想,今天晚上先赶到兰州，一切顺利的话，明天中午就可以到家了。

从十五日出门到二十四日回家，前后整整十天，趁着到张掖参加读书年会的机会，与新朋旧友雅聚一回，也终于一偿我青海湖旅游的夙愿。

开学已经两周，这封信断断续续写了好些天，也写得太长了。也许你读了，能够使你回想起你的西北之行。关山万里，我们行踪多有交集却缘悭一面，不免有一丝喟叹。岁月静好，可以期待，某一日，我们相逢在别处。

二〇一六年九月十三日于有不读斋

第三辑

书海泛舟

自己的文章

"老婆是别人的好,文章是自己的妙。"写文章的人也许会常常陶醉于自己的文章如何美妙,想法归想法,事实未必尽然。文章我也偶尔写一点,老实说,读自己的文章,惭愧的时候不少,读别人的文章,羡慕的时候居多。

这两天没事,在家里整理剪报和杂志,不免把自己的文章又重读了一些。我不会编故事,写过几篇小说,都被编辑大人退回来了,几页草稿还在抽屉里睡觉;我说话没有节奏,思维不能跳跃,也从来没有灵感乍现捕捉到一个所谓意象,诗情诗意未敢亲近,只好写一点小散文或曰随笔。随笔也者,随笔所记而已,巴金所谓"拿起笔来,写下去……"。

我一开始学过英国随笔,蓝姆、培根、柯勒律治之类,但我总疑心翻译不免走样,读来读去也不觉得有别人说的那么好。直到读王佐良先生翻译的英国随笔才知道,以前读的都是二流的译文。只恨自己见识短浅,不能辨识高下。

后来又听人说,学写文章,还是应该读本国作家的作品。明清笔记我倒是读了些,春秋笔法,皮里阳秋,没有心机和悟性,也不易学到。读了梁实秋的《雅舍小品》和王了一的《龙虫并雕斋琐语》之后,觉得这种东拉西扯的所谓"巴洛克"体,不妨一试。

尤其是初见钱锺书先生的《写在人生边上》，直读得喜心翻倒。我学着写了《男人的难处》和《此发何不落耶》。文章写成，在报纸上发表出来，高兴过一阵子。重读，又觉得浅薄；再读，就只见幼稚。钱梁王的文章，看来东拉西扯，可是无一句无来历。钱定平先生说钱锺书的散文和小说，没有学问的读者，只觉得每句都妙，有学问的读者，每读一句，都能回到原文，想到作者如何浑成化用，不免叹服作者点化功夫之高。我的肚子里没有货色，引用不得法会成为抄袭，哪里来的点化功夫？这样的文章便不敢再写了。

鲁迅的文章当然学不来，周作人的我也喜欢。我想，反正点化不开，引用不着，干脆就学那种"抄书体"算了。我把《雨天的书》《自己的园地》《夜读抄》之类，反复地读了。周作人的文章满是抄书，自己的话穿插在里面，是没有几句的。可是，偏是这不多的几句，一线牵起，把别人的文字也化作了自己的语言和思想。读一遍不觉得，多读几遍，才知道满不是抄书那么回事。

有一阵我很喜欢贾平凹的散文，我觉得他的文字和明清小说的文字较为接近，也许算得是继承了传统呢。可是我试了几次，那种文字的语调和文气，我捏拿不住。

一九九五年十月，我和几位文友得到一个机会去拜访刘绍棠先生，我也提出过散文怎么写的问题。老人家说了许多意见，归结为一点：你先别着急写，读一些书吧，"散文是老人的专利"。我怅然若失，又似有所悟。自那以后，我就真的不再硬写了，也不去学什么体，只是读书。余光中、董桥这样洋派的读，张中行、谷林这样老派的也读，读着读着，还真咂摸出点味儿来了。文字之美，各有专擅，拿杨绛的《干校六记》和孙犁的"耕堂劫后十种"相比，也是不好硬分高下的。

世界之大,有我不多,无我不少。读点不三不四的闲书,写点不咸不淡的文字,不过是记录一点思绪,留下愚者一得,也就管不得那许多藏留的顾忌了。

拿起笔来,写下去……

二〇〇七年五月八日于有不读斋

《学步集》自序

这是一本读书随笔。

不同于通常的书话，我没有拘泥于"一点实事，一点掌故，一点抒情的气息"。我知道自己只是弗吉尼亚·伍尔芙所谓的"普通读者"，业余读些闲书，不为考试，不写书评，当然也就不负有钱锺书所说的专业书评人"指导读者和教训作者"的责任。我的本职是在中学里教书，讲的是学生深以为苦的高中数学，这个职业费神耗力，课余闲读消遣，聚书为乐；如你所知，寒斋不可能藏有什么稀见的版本，我读的都是自己兴趣所致、目力所及的书，读有所感，也只说自己想说的话，而不把书话写成应酬话。我觉得读书随笔里应该表现"我"而不只见到"书"，所以我的文字想写出"读书的我和我读的书"。

悬拟读书随笔该怎么写是一回事，写出来能否合乎理想是另一回事。《围城》的序里也说："理想不仅是个引诱，并且是个讽刺。在未做以前，它是美丽的对象；在做成以后，它变为惨酷的对照。"

谢谢你读我的书。

二〇一三年二月二十日于有不读斋

《夜读记》自序

　　《戊子读书记》是我在二〇〇八年尝试写的日记体书话,当时贴在博客上与书友们交流,得到朋友们不吝啬的鼓励;到二〇一二年,又写了《有不读斋日记》。除了这两年的完整日记和此前的《读书消暑录》之外,我是不常写日记的。虽说是"事无不可对人言",可是我们升斗小民的吃喝拉撒睡,写在日记本上,自己看着也要失笑了,拿出来给人家看,当然更无必要。只有伟人或名人的日记,哪怕是流水账,都是研究的资料。胡适的日记,事无巨细,都有记录,甚至还有许多报道、消息的剪贴;鲁迅的日记里有书帐,成了许多人的读书门径,据说孙犁先生就是以鲁迅日记为参考,按图索骥来找书读的;我读过施蛰存的《昭苏日记》,有时候一天的日记里只有"某某来"几个字,来干什么也不记,当然更无议论,这样简省的日记显然是被日记与书信带来的文祸吓怕了的结果。想想曾几何时,日记和书信都是白纸黑字的罪证,而今日记和书信却被主人大肆地发布在网络上,时代到底是不同了。

　　我闲时随便翻翻,久而成为生活习惯,读书偶有会心,不免也顺手记一点感想。聚书日多,对书话一体就有了格外的爱好。书话如果粗分,当为"得书记"和"读书记"两类,而今旧书颇不易得，新书多来自网购，"一点掌故，一点故事"都无从谈起，剩下的一点散文抒情的气息，也就成了脱皮之毛，无所附丽。所以我尝试的日记体书话侧重于"读书记"，略记日常读书的思考，或有一得之愚。其所以要写成日记体，只为着它的不拘形式，可以有话则长无话则短，比拉开架势来写一篇书话，究竟要随意得多。这些年来，坊间日记体的书话渐成读书风景，有基于一刊的，如董宁文之《开卷闲话》；有基于一店的，如范笑我之《笑我贩书》；有基于一人的，如阿滢之《秋缘斋书事》、彭国梁之《书虫日记》，还有谢其章之《搜书记》、孙卫卫的《喜欢书》等等，都为书爱家们津津乐道。与这些名作相比，要说区别，则我的重在"读"书。我在《学步集》里主张书话要写出"读书之我"与"我读之书"，这些读书日记，是"我读之书"的一种表现吧。我回头看，觉得自己的尝试并非毫无意义。

我把《戊子读书记》和《有不读斋日记》做了一些删减，编为现在这个样子。我的本职是一名高中数学老师，和所有的高中数学老师一样，一天的绝大部分的时间里，都在备课、讲课、改作业或者批试卷，也要解题，也要练习，留给自己读书的自由时间，其实是不多的，甚或只有夜间的一点空闲。本来我们读别人的日记，就想要从字里行间的闲笔里寻些趣味，现在把日记里与读书无关的事一概删除，倒好像我这个人整天除了读书，并不干别的事。这样不食人间烟火的日子，未免清雅得太不真实。您想象我并非如此清雅，也就是了。

好书名都给别人用过了。想给书起个名字，让它简洁一些，实在词穷。只好先老实地叫个《夜读记》吧。想用《也是集》，表示这也是一本日记，也是一部书话，也是一种生活，可是这样别致简洁的书名，钱锺书先生用过，我就不敢再用了。读书多的朋友会说，钱先生这个书名也是抄来的。钱老抄得，你也抄得么！也是。可是，我究竟还是不敢。

感谢孙卫卫先生、邱建国先生的勉力推荐。

也要谢谢您，乐意阅读这样的一本书。

二〇一四年一月十八日于有不读斋

《围城》识小

一

钱锺书在《围城》里两次用到"电视"这个词,意思大约同于如今的"可视电话"。

《围城》第三章写到方鸿渐约唐晓芙吃饭之后,要了她的地址与电话号码,又说"我决不跟你通电话。我最恨朋友间通电话,宁肯写信"。唐晓芙也有同样的感受,认为做了朋友该彼此爱见面,电话里说的话不能像信可以那样留着反复看几遍,通个电话就算接触过了,其实最不够朋友。鸿渐又说:"我住周家,房门口就是一架电话,每天吵得头痛。常常最不合理的时候,像半夜清早,还有电话来,真讨厌! 亏得'电视'没有普及利用,否则更不得了,你在澡盆里,被窝里都有人来窥看了。"

这是《围城》里第一次出现"电视"一词。

第二次用这个词还是在第三章。苏文纨拿出一柄雕花沉香骨折扇,上面"歪歪斜斜地用紫墨水钢笔"写了一首诗,落款不明不白,是"民国二十六年秋,为文纨小姐录旧作。王尔恺"。方鸿渐口无遮拦,逞一时口舌之快,对这抄袭的歪诗一通猛批,使苏文纨恼怒不堪。次日，唐晓芙告诉方鸿渐，那骨扇上"录的就是文纨小姐的旧作"，于是方鸿渐费劲巴力拟一封文言信，称诗"朴挚缠绵，雅有古乐府遗则"，得以转圜。收到信的苏文纨满心欢喜，打来电话让方鸿渐猜那诗是谁做的："'呀？是你做的？我真该死！'方鸿渐这时候亏得通的是电话而不是电视，否则他脸上的快乐跟他声音的惶恐相映成趣，准会使苏小姐猜疑。"

钱锺书第一次用"电视"一词还加个引号，第二次连引号也免了，可见他对自造的这个词很是得意。

《围城》初刊于一九四六年二月至一九四七年一月的《文艺复兴》，后由晨光出版公司出版单行本，这个时候，中国当然还没有现代意义上的"电视"。中国最早的电视台是建于一九五八年的北京电视台（中央电视台前身），我在网上查到世界上最早的电视台一九二九年在英国试播（BBC），一九三六年正式开播，二战后电视台在欧洲普及，也许钱锺书一九三五至一九三八年在英国或法国看过电视节目，但那个时候应该还没有中文"电视"这个词。这样看来，最早用中文"电视"这个词的，也许该是钱锺书。我孤陋寡闻，不知道是谁把 television 译作"电视"的。我想译者也许是《围城》的读者，从中得到启发。

　　　　二〇一〇年九月二十九日于有不读斋

二

《围城》是小说，人物、故事、三间大学都是虚构的，可是时代背景是真实的，甚至是写实的，表现在第五章写方鸿渐一行五人由上海到平成的艰难行程，尤为突出。唯其有真实的历史事件做背景,作者在时间安排上不免疏忽,犯了一个小错误。

第五章是《围城》全书故事的一个转折,写方鸿渐从一个恋爱的围城脱出身来,将要投入三闾大学这另一个围城的过渡期,不只引出李梅亭、顾尔谦、孙柔嘉三个人物,也对方鸿渐和赵辛楣的人物性格进行更细致的描绘,以说明鸿渐的"你不讨厌,可是全无用处"的个性。

我对照鸿渐一行的旅程,发现钱锺书先生在安排行程的时间上发生了一个错误。具体的行程是这样的:

(一九三八年)九月二十二日下午六点半开船,从上海出发往宁波,次日清晨到宁波,当日宿宁波。

"从宁波到溪口,先坐船,然后换成洋车。"夜宿溪口镇,那是九月二十四日;因为买不到票,只得在溪口玩一天,顾尔谦提议午后游雪窦山,归来再去车站买票,"买到去金华车票五张,明天两张,后天三张"。这是九月二十五日。

九月二十六日,李梅亭、顾尔谦往金华,鸿渐、辛楣、孙小姐仍在溪口。

九月二十七日,方、赵、孙到金华,夜宿金华"欧亚大旅社",与臭虫、虱子奋战一夜。

九月二十八日,五人会合于金华"火车站旁一家旅馆内","行李陆续运来,今天来个箱子,明天来个铺盖,他们每天下午,得上汽车站去领。到第五天",李梅亭的宝贝铁箱总算来了。也就是说,他们在金华等到十月二日,行李才到齐。当日晚,"一行五人买了三等卧车票在金华上火车,明天一早可到鹰潭"。

十月三日在鹰潭,与王美玉、侯营长交涉未果,只有等"三天后的公路汽车"。

十月六日到南城;十月七日,"旅馆又住了一天",仍在南城。

十月八日，由南城乘车，"下午到宁都。辛楣们忙着领行李，大家一点，还有两件没运来，同声说：'晦气！这一等不知又是几天。'心里都担忧着钱"。夜住宁都，"明天一早起，李先生在账房的柜台上看见昨天的报，第一道消息就是长沙烧成白地，吓得声音都遗失了，一分钟后才找回来，说得出话"。

十月九日，由宁都往吉安。在吉安，为取高松年汇到银行的钱要在当地找铺保，耽搁了五天，等把钱拿到手，该是十月十四日了。

十月十五日，"他们到了界化陇，是江西和湖南的交界"。休息一夜。

十月十六日，"从界化陇到邵阳这四五天里，他们的旅行顺溜像缎子"。星期三到了三闾大学。

从十月十六日算起的四五天之后，应该是十月二十一日。我查一下一九三八年的日历，十月十九日星期三，二十一日星期五。上面的日期是我根据行程中停留的时间推算的，比如这个"四五天"算四天还是算五天，比如在吉安的五天，十月九日算还是不算，两可。

假设中途耽搁的时间压缩一两天，则"星期三到三闾大学"可以坐实。那么，方鸿渐一行从上海到平成准确的起止时间是一九三八年九月二十二日至十月十九日星期三。这中间有一个确切的历史事件作参照，那就是十月八日或九日，李梅亭在宁都"看见昨天的报，第一道消息就是长沙烧成白地"。这是钱锺书在时间安排上发生的一个错误。

一九三八年十一月十一日，日本侵略军攻陷湖南岳阳，威逼长沙，蒋介石下令在长沙实行焦土抗战，要在日军入城前火烧长沙。十一月十三日凌晨两点，因长沙南门外伤兵医院意外失火，各放火点的士兵以为是放火信号，便纷纷点火。这场大火连续烧了几天几夜，长沙城过火面积超过百分之八十，死难同胞三千多人（一说两万余人）。钱锺书让十月九日在宁都的李梅亭预先看到报纸发表十一月十三日火烧长沙的消息，当然是《围城》的一个小小的败笔。

《围城》的重印前记里几次说到作者的修改。一九八〇年二月"乘重印的机会，校看一遍，也顺手有节制地修改了一些字句"。一九八一年二月再印，"又改了几个错字"。一九八二年十二月，"乘第三次印刷的机会，修订了一些文字。有两处多年蒙混过去的讹误，是本书的德文译者莫妮克博士发觉的"。而在一九八二年九月的《围城》德译本前言里，作者说："莫妮克博士特来中国，和我商谈她的译本。她精细地指出了谁都没有发现的一些印刷错误，以及我糊涂失察的一个叙事破绽。"我不知道"谁都没有发现的"只是"一些印刷错误"，还是也包括作者"糊涂失察的一个叙事破绽"，这个叙事破绽会不会就是把十一月十三日火烧长沙的消息提前在十月八日的报纸发表呢？

二〇一〇年十月二日于有不读斋

三

谢泳在《钱锺书交游考》里提到一个"钱锺书与徐志摩有无交往"的问题，说："钱锺书对徐志摩诗歌的评价显然不是太高。徐志摩去世的时候，钱锺书还在清华读书，徐志摩大概不知道有钱锺书，但钱锺书显然知道有徐志摩的。"（《钱锺书交游考》，九州出版社，二〇一九年一月，第五五页）谢泳引了《围城》中的两个例句，以证"钱锺书写《围城》时有一个习惯，就是喜欢把自己的文艺见解和对人物的评价，借小说人物之口说出来"。

在《围城》里，直接提到徐志摩的名字有两处。第一次略带讽刺，是方鸿渐回乡省亲时被要求演讲，方鸿渐从西洋文明的传入扯出鸦片和梅毒时说过："诸位假如没机会见到外国书，那很容易，只要看徐志摩先生译的法国小说《戆第德》就可略知梅毒的渊源。"（《围城》，人民文学出版社，一九九一年第二版，第三〇页）另一处是一干人等在酒馆把酒论诗，董斜川说："新诗跟旧诗不能比！我那年在庐山跟我们那位老世伯陈散原先生聊天，偶尔谈起白话诗，老头子居然看过一两首新诗，他说还算徐志摩的诗有点意思，可是只相当于明初杨基那些人的境界，太可怜了。"（《围城》，人民文学出版社，一九九一年第二版，第七一页）谢泳认为这大体可以看作钱锺书对徐志摩诗歌的一种评价。

我觉得，至少还有一个例子，可以说明钱锺书对徐志摩诗歌是熟悉的。决定同往三闾大学，启程之后赵辛楣与方鸿渐在海船上聊天，讲起在苏文纨的婚礼上看见唐晓芙的事，赵辛楣说："我想她也许不愿意听见你的名字，所以我一句话没有提到你。"

"那最好！不要提起我，不要提起我。"鸿渐嘴里机械地说着，心里仿佛黑牢里的禁锢者摸索着一根火柴，刚划亮，火柴就熄了，眼前没看清的一片又滑回黑暗里。譬如黑夜里两条船相迎擦过，一个在这条船上瞥见对面船舱的灯光里正是自己梦寐不忘的脸，没来得及叫唤，彼此早距离远了。这一刹那的接近，反见得暌隔的渺茫。（《围城》，人民文学出版社，一九九一年第二版，第一一四页）

如果不是英雄所见略同，那么钱锺书这个妙喻的灵感，一定来自徐志摩的名诗《偶然》：

我是天空的一片云，
偶尔投影在你的波心——
你不必讶异，更无须欢喜——
在转瞬间消灭了踪影。
你我相逢在黑夜的海上，
你有你的，我有我的，方向；
你记得也好，
最好你忘掉
在这交会互放的光亮！

　　钱锺书最重要的学术著作《管锥编》里有许多例证来自通俗小说、笔记、话本，这是钱锺书先生做学问不避俚俗的特色。钱锺书的《围城》里也有许多典故，这些典故常常不是直接引用，而是"化入"，就像盐之于水。略知典故出处，读来每有会心，不免欣然。这是读书的乐趣。

　　　　　　　　　　二〇一九年十二月四日于有不读斋

《逛书店》

我久已不逛书店。

本地的书店，据说他们的利润主要来自教材和教辅等学生用书，售卖其他图书不过是搂草打兔子顺带的事。再者现在新华书店的滞销书可以包退不亏，卖不卖得掉也就无所谓，连早年间在年关节时偶一有之的特价书也没得淘了，逛书店常常是乘兴而去败兴而归，很没有意思。

洪客隆里有一间书店偶有新书上架，不过不打折，比网购贵多了，我当然也就懒得去逛了。再说它在嘈杂不堪的大商场里，一点逛书店的情趣和气氛都没有，不去也罢。

以前，我是很喜欢逛书店的。

刚开始工作的那些年，每月仅有三四十块钱的工资，我也会省出至少十块钱，要逛几次书店。可别小瞧这十块钱，要按字数算，买得到二百万字的图书。在分宜铁中的那八年，我和老魏是书迷，反正坐火车是不要钱的，差不多隔周去宜春，隔周去南昌，辛苦一天，一盘炒粉就对付了，几个散碎银子全都送给了书店。

现在回想起来，最印象深刻的逛店经历，有两次。一次在分宜，一次在南昌。

有一个周末,我独自到分宜书店去做例行的巡梭。突然看到一本特别的书。分宜的书店小到只有一个长柜台,一长排书架,两个营业员在柜台里边聊天,我隔三岔五的去看过来看过去,店里有什么书,书摆在什么位置,我都是清楚的。虽然书脊紧挨着,书架在视线一米之外,但凡有一点异样的东西,我扫一眼就能发现。那天发现书架里插着一本《康妮的情人》,书脊上的书名和书装设计明显异于别的书。我央请营业员取出,邀书一观。只这一看,我内心窃喜。繁体竖排,书装精美,未及看版权页,就猜想可能是港台的版本,再细读一两页,大致猜出这就是传说中的那一本《查泰莱夫人的情人》。我抑制不住内心的激动,看一眼书价:乖乖,二十四元哪。那是我半个月的工资,通常是不可能在袋子里装这么多钱逛书店的。只好强作镇定,把书还给营业员,返身回学校宿舍取钱去。

如你所知,不到一个小时,我取得这笔书款回到书店,那书已被营业员收起来了。我问她要书,她神色诡异地答以"不能卖"。原因不问自明,我也不敢多问。我至今未弄明白,那样的年代,那样的书籍,何以在那样的地方,惊鸿一现。如果当时我的袋子里有足够的银子,要求当即拿下,不知会是什么结果。

大约是一九八七年的一个周日,我头天和老魏约好去南昌逛逛,又邀了孙杨李三人,一清早赶上早班的火车到了省城,到八一广场书店的时候,也就是十点钟光景。这一次赶巧,进得店门,劈头就见到一张牛皮纸壳上写着几个字挂在墙上,十分醒目:"新到《鲁迅全集》,定价七十二元。"老魏是鲁迅读得烂熟的,我知道他已动心。我说:"你买吧?"他略一迟疑,"没这么多钱"。这句话作两解:一是,当下袋子里没这么多钱,我猜想各人口袋里都不会超过二十块钱;二是,七十二元,比他一个月的工资还多，家有老婆孩子，那么动用这样一笔大钱，未得夫人首肯，是不敢造次的。而我光棍一条，了无顾忌，心里默算：每个月留出二十块活命，有三个月工资的节余可以还清书款，只当一个学期白干！于是心里一咬牙一跺脚："你不买，那我买。"我把自己口袋里十几块钱悉数掏出，然后向魏孙杨李各借一些，七零八碎凑足七十二元，喜滋滋买得一套。犹记得付款之际，高居收银台的小伙子清点一堆散碎票子时向我翻出一个白眼，颇有点阿Q向赵太爷报告"我也姓赵"时，赵太爷说的"你也配？！"我自顾欢喜，管不得这许多。十六大册的精装书，用牛皮纸捆扎得方方正正，扛在肩上，直接就打道回府，往火车站赶去——他们袋子里的钱被我这么一搜罗，再逛也就没有意义了。

想一想那样穷酸愁苦的艰难日子，能去逛一逛书店，还是蛮有味道的。如今书业兴旺，网路通达，鼠标一点，好书上门。便捷自不必说，可是，那份寻觅、期待、偶遇、意外、惊喜，统统不再，少了许多乐趣。

这样的乐趣没有了，怀旧的人就从记忆里去搜寻，因为在每一个爱书人的记忆里，"那些消失的书店风景，有太多关乎阅读的回忆……"

杨小洲的《逛书店》，记录了二十七家特色书店，它们在北京、长沙、深圳，不只有三联韬奋图书中心、涵芬楼书店，还有布衣书局、万圣书局、思考乐书局、单向街图书馆，还有季风书店、东八时区和尚书吧……这些店名，我当然熟悉，这些书店，我那么陌生。我只跟着杨小洲回忆的淘书细节，做书店神游。我不免想起，现如今许多人都说北上广之类的一线城市生活成本之高，生活压力之大。你可想过，只这一样：逛书店的乐趣，我这样生活在小城里的读者，就永远无缘体会。谓予不信，你读读这本装帧精美的《逛书店》！羡煞人也。

　　　　　　二〇一三年一月二十二日于有不读斋

《弱水书话》及其他

　　我进入天涯社区是很晚的事。大约是二〇〇七年的八九月,我头一回在"闲闲书话"里贴一个帖子,是近两万字的《读书消暑录》。大菜鸟一枚,帖子贴出去,自己竟找不到,过了好久才弄清楚路径。等再次打开自己的帖子,好家伙,竟有人喝彩。心里那个美滋滋啊。于是决定在天涯落脚,建起了我的"有不读斋"。天涯博客里有一些热爱书话的人,七串八串,就相互认识了。也没多少联系,不过在人家的博客里留个言问个好之类。此所谓君子之交淡如水也。

　　我和岳年兄大约就是这样认识的。

　　当我认识岳年兄的时候,他已然是享有"河西第一读书种子"之美誉的名家了。果然是厚积薄发,水到渠成,眼见得他的书话著作迭出,只三两年工夫即蔚为大观。

　　我最早读到的《弱水书话》,得之于"己丑春日",是岳年兄赐寄的毛边本。"二〇一二年春节",又有《书林疏叶》莅临寒斋,不幸赶上中国式春运,邮路坎坷,倍遭蹂躏,佳册被拦腰折断书脊,我只得好生给它做一个书套,以百十册图书把它压住欲其平展如初。不意隐入书堆难再见,直到年关要把一年来已读未读之书分而治之,方才重现书斋,见到它书页平展如新,多少抵消了一点未及时拜读的不安。这两天周末闲空，把岳年兄二〇一二年八月二十八日赐寄的《水西流集》一并找来重读。冬夜安静的书房里，只有裁读毛边书页的沙沙声，越发能够体会到夜读的愉悦和友情的温暖。

"教书、读书、写书，然后再教、再读、再写，把立德、立言、立功完美地结合起来，循环往复，这应该是让人向往的人生境界。能这样做的人，是有福之人。"这是岳年兄夫子自道。我和岳年兄同行，也教书，也读书，只这写书一项，差距不可以道里计。

读岳年兄的书话，叹服于他的视阈广阔。我闲读杂览三十年，只在小圈圈里打转转，有许多书是不读的。岳年兄所涉，不只文学，内典、道藏、中医、武术，皆能通晓，真不简单。苏州才子王稼句也说："岳年的读，称得上是纵横广博，关心的范围很大，与他相比，我读得狭得多，但像对苏东坡、辛稼轩、袁中郎、黄尧圃、叶鞠裳、叶郋园、周作人、钱萚孙诸位，我也同样怀有很大的兴趣，只是没有像他那样认真地去做研究和考述。"我则连"怀有很大的兴趣"也谈不上，只是觉得好玩的书就翻翻，不懂的就拉倒。

读岳年兄的书话，感动于其中的书香浓郁，友情温暖。他说"身居塞外，大漠孤烟，本来是闭塞的，可是现代生活所赐予的视野和方便，却让我没有感到寂寞和辛苦，当世贤者……的友情，更让我倍感书香世界里的温馨和惬意。每念及此，欢欣就荡漾开来"。在他的师友中也有我尊敬的老师和兄长，读着岳年兄写的《王稼句访问记》，会让我记忆起在南京《开卷》十周年座谈会上王稼句先生带着醉意为我题签的情景；读着岳年兄写的《识得龚师》，就让我想起龚明德老师给我的信，令人受益匪浅，龚老师说"唯独读书，一点也假不得"；读着岳年兄写的《陈克希》，我就想起陈老师不住地说:"见到你真开心。"更加开心的当然是我;读着岳年兄写的《烟雨嘉兴会笑我》,我当然想起在"书似青山常乱叠"的听讼楼里,笑我兄在《笑我贩书四编》的扉页随手写下"卫东兄惊现嘉兴"的率性;读着岳年兄写的《我与〈开卷〉》,董宁文兄亲切和善而又忙碌的身影就跳出眼前,岳年兄说:"等待《开卷》到来,是开心的一个过程,收到《开卷》的那一天,就收到了节日般的快活。""三生有幸,和《开卷》相逢;此生有幸,与宁文为友。"相信这也是许多像我这样的读者共同的感受。

这样的读书,重温友情,慰藉心灵,诚如岳年兄所言:"以书会友,与读书人天涯比邻,交游谈艺,亦人生化境,智者所欣。"不亦快哉!

二〇一三年一月二十日于有不读斋

《提前怀旧》

　　我喜欢余斌先生的散文始自二十年前第一次读到他的《张爱玲传》。《张爱玲传》大约是余斌先生的博士论文,文笔之妙令我着迷,我读完之后当即就重读一遍。我对喜欢的书一向都是这样,读过之后立即重读,因为读过的书一旦插入书架,层层叠叠,要找出来重读非常麻烦,除非像鲁迅、钱锺书等少数几位自己特别喜爱的作家的作品,会隔段时间有意重读,其他书都是只读一遍就束之高阁了。事实上新书源源不断,喜新厌旧的心理作祟,沉下心来重读一本旧书的机会少之又少,所以说在我的书房里,经过我重读的书都是我特别喜欢的,堪比皇帝老儿对后宫佳丽的特别宠幸。

　　《提前怀旧》在《万象》专栏刊出,我一直跟读,许多时候收到《万象》总是先读余斌先生的散文,在他的文字里怀想自己的少年时光,而如果某一期《万象》没有《提前怀旧》,很可能杂志被随手翻翻就丢在一边去了。我之爱读,盖是余斌所怀之旧,与我自己的少年经历差相仿佛,我之欲言,他已言及,我之能言,他言尤妙。我也就乐得沉湎在他的怀旧里。

　　余斌在《宣传队》里写到的经历,我也是有过的。"宣传队里的人,都称宣传队员。至少在小学,这是特殊的一群。每每正在上课，或者在读报学习，喇叭响起来，称宣传队全体队员到礼堂集中排练，班上便有一两个人起来，欢天喜地或是神态矜持地走出去。枯燥的课就此豁免，全班人目送他们，羡慕不已，因为知道他们要去唱唱跳跳，比在教室里枯坐自由得多，而且男男女女，好不热闹。"我读小学四五年级的时候，是学校里"毛泽东思想文艺宣传队"里的一员，下午多数时间就不上课，参加过大合唱，说过对口词和群口词，也演过三句半。我的声音还算不错，听力也好，所以学起唱歌来是很快的。后来我还演过《军民鱼水情》里的郭建光和《深山问苦》里的少剑波。我的至今还喜欢听听京剧段子，大约就是那个时候打下的基础。我后悔那个时候没有认真跟着老师学一种乐器，所以说学逗唱还略知一点皮毛，吹拉弹就一无所长了。

要说余斌所怀之旧与我的少年时光的经历完全相同当然不是，他生活在南京那样的大都市，我窝在江南丘陵山区的小乡村里，尽管"环球同此凉热"，可是一些"大场面"他有亲历，我只有在纪录片里才可能看到。比如《西哈努克亲王》里写的从准备到选学生再到上街欢迎亲王访问南京，这样的细节和参与的小学生们的心理活动，我们在纪录片里是看不出究竟的。我们只见得满街的鲜花，和佩戴着鲜艳的红领巾的少先队员组成的花的海洋。

"人总是要死的"，没有人能够脱出这个自然的规律。在《人总是要死的》一文里，余斌回忆"消息传来是个下午，我们是从学校的高音喇叭里得知的。中央人民广播电台的声音，而后就是一遍一遍地放哀乐"。那个时候我刚上初一，在英语课里刚刚学会"朗力福切面毛"，和余斌一样，觉得这样的事情是不可能发生的，而竟就发生了，于是"怔住了""木然"地等到世界"恢复了它的真实性"，于是与大家一起"化悲痛为力量"，用扎花圈的方法来"寄托我们的哀思"。各个班级花样别出，"扎花圈迅即演变为一场轰轰烈烈的竞赛，谁都想把别人盖下去，相互攀比别苗头，各想高招"。这样的经历和心理，那个时候的在校学生都自不免，现在回看，真是觉得匪夷所思。

　　所以，读着这样的"以怀旧的名义"写下的文字，一会子沉湎其中真实的历史，一会子又有终于脱出那样荒诞的现实的庆幸。他说："我的怀旧稍有不同，我不认为过去与现在可以分离，事实上从'现在'也分明可以张见种种'过去'的影子。此外想想青少年时代，固不乏温馨的记忆，无奈于今想来令自己脸红之事，亦复不少；至于作为大多数文章背景的二十世纪六七十年代，以今视昨，我的感觉固然有'追忆逝水年华'的一面，另一面则是荒诞。"余斌以当年视角与今日观察重叠交错，给那个过去了的时代留下的一个印记，在我这样的与作者接近同龄的读者眼里，分明还有一种荒诞的喜剧性背后纵是轻松的笔调也难以掩饰的沉痛。

　　　　　　　　　　　　二〇一三年一月十七日于有不读斋

《南京味道》

是一九九一年，我刚调来新余的时候，与老魏做邻居，挤住在学生宿舍里。他比我先一年到新余，已然摸清了菜场的行情，给我推荐说，新钢菜场里有一家南京盐水鸭，摊主是南京人，味道纯正，蛮好吃。他说他几乎是每周去买一只。

老魏是常州人，对南京盐水鸭当有所好；他两口子的工资比我高些，我每月只百十块钱，要每周去买只鸭子来吃，未免奢侈，对他的说法姑妄听之，没有真去买来尝尝。他见我不为所动，有一次径自去买了一只盐水鸭，分一半给我，说放上调料一蒸即得。这大约是我第一次尝到"南京味道"。

二〇一〇年四月，到南京凤凰台饭店参加《开卷》十周年座谈会，回家的时候买了两只真空袋装的盐水鸭，一来给老婆尝尝，二来也算到此一游的纪念。但老实说，时移世易，如今什么吃食都不稀罕，这南京盐水鸭咸得来，实在也算不得什么特色美味。只不过这是我对"南京味道"的一点特别记忆。顺便可一说的，是那次会上，我也见到余斌先生，呈上购读的《当年文事》请他签名，他在扉页上题了一句："谢谢你读我的书。"

这一本《南京味道》，所记的也不全是南京味道，美食当然更谈不上，劈头一篇即是俗之又俗的《肥肉》，接而连之的是《荤油》

《肉元》《香肠》《猪头肉》，即可见一斑。余斌先生在小引里说：
"写吃的书是得有资格的，或遍尝山珍海味，或于一地食尚了如
指掌；或精通厨艺，下得厨房，或对一饮一馔的来历如数家
珍……凡此种种，我无一具备。之所以写了一些关于吃的文字，
多半还是因为马齿渐长，时或回想起旧事的缘故，正因当年'吃'
之珍稀，记忆中有些许味美之物竟自'熠熠生辉'起来，诸多吃事
的细节居然也不招自来，分外鲜明。所以它们与其说关乎吃，不
如说是关乎记忆。"事实上书里的许多篇目，比如《肥肉》《吃鸭及
其他》《是早点，也不全是》等，也是先在《万象》的"提前怀旧"里
刊发过的。他之愿意写，我之喜欢读，其实都是"怀旧"。此亦甚
矣吾衰之表征，然则奈何。

　　小时候没的吃，吃食于我，不在好不好，只在偷着偷不着。
家里偶有一点肥肉，大人们舍不得吃，把它炼成猪油，油渣还得
留给辛苦劳作的大人补充营养，分次食之。小孩子眼巴巴看着，
馋得流口水，母亲就编一个貌似很有科学道理的理由，说不满十
八岁的小孩子吃猪油渣，会得一种病，浑身瘙痒。饶是如此，我
也禁不住偷一两粒放在嘴巴里嚼嚼。抑或从碗橱里偷出一点猪
油，用一个铁皮盖子，抓几粒黄豆，在野外捡几根小树枝点火烤
着吃，也觉得味美无穷。《香肠》一文里，余斌写到他与三位小朋
友在同学家里，趁着父母上班之际，偷蒸一截香肠吃，就如何从
一挂香肠里取出一根而不露破绽，也是颇为纠结，真可谓煞费苦
心。好吃当在其次，那样的行为和心理，那一份刺激，我们都有
体会，读来真是"每有会心"。

　　全书六十七篇文章，举凡金陵美食、市井风味、小吃零嘴，乃
至烟酒之道，确乎五味杂陈。许多吃食我无缘得尝，如今年岁渐
长，忝列"三高"一族，读他写的纵是美味，我也并不生津垂涎。

可是在余斌先生笔下,饮馔之中总有故事,多是追昔抚今,感怀饥饿年代之味觉记忆,我们那个年代饿过来的人真是感同身受。现如今对着美味珍馐也还左顾右忌,真有不胜今昔之叹。

二〇一三年二月一日于有不读斋

跟流沙河先生学认字

    今年夏天，有两档关于汉字的电视节目很受欢迎，一是河南卫视的"汉字英雄"，一是央视的"汉字听写大会"。我也很喜欢，这两个节目都跟着看了好多期。

    "汉字英雄"比的是记忆力，给的题目或是一个部首或是一个读音，两个孩子轮流写来，到谁写不下去算谁败下阵来。这个比赛蛮吃功夫。比如给一个竖心旁，你写"快"他写"慢"，你写"愉"他写"悦"，写着写着，常用的字都写过了，就想不起来还有什么字。有时候看到电视里的孩子写到卡壳了，我也着急想，可是一样想不出。我就知道，我认得的字不比人家孩子多。有时候看到那孩子还能根据汉字的构字方法自己编一个他并不认识的字，甚或评委也不认识，于是查字典，说这个字真有，就算对了。我一想，我连编也不会，就觉得自己比那孩子差了好多。

    "汉字听写"请了央视的播音员来主考，读题，当然是为了读音准确。可是汉字是单音独体，同音字很多，于是主考官又解释一下字义或词意。除此之外，并无更多的提示，而又有时间的限制，我常常听着那主持人字正腔圆地读题，并不知道其所云为何，直到看考生写出来，才恍然大悟，原来是这个字。

    汉字是一种很独特的文字，形、音、义、理，都在其中，不知其义,不识其理,常常会音形不辨,就认了白字。记得是一九七九年,我已上了高中,看电影《瞧这一家子》,陈佩斯读"披荆斩刺(棘)""如火如茶(荼)",银幕里外笑成一片,我却懵然不知所笑为何,因为我的小学语文老师,教的也正是"披荆斩刺""如火如茶"。小时候家里穷得买一本字典也不可能,老辈人都说认字认半边不用问先生,也就这样糊里糊涂地过来了。不瞒你说,现在拿着字典,要查一个生字,也常常会有不知道从哪个偏旁下手的情况。

这几天读《白鱼解字》(手稿本),觉得真是一本好玩的书。不仅解说字义,教我认字,也批评一些简化字的不合义理,指导读者辨正识误,堪比一本对读者很有帮助的字典。

比如关于"进"字:"顺便说说繁体进字为啥从隹。原来鱼能退游,兽能退走,而鸟不能退飞,只能前进。所以造进字要请鸟帮忙。繁体鸟字笔划嫌多,隹字笔划较少,入选。隹简化成井,前去跳井?"这是对"進"简化为"进"的批评。(第八三页)

"望洋兴叹",我以为是一个人站在海边,叹其浩渺无际。流沙河先生说这个理解不对。"望不是望视。以音求之,当即惘也。望洋者,迷惘之貌也,即非非用目视不可,亦与海洋无涉。"(第六三页)这样的知识,我是真没有。

我倒是知道有一个名从主人的规矩,这是对人家的尊敬。所以我在文章里写到钱锺书先生的名字时,不用"钱钟书"。我自己校对《学步集》时,特别对编辑先生提出有几处钱先生的名字统一用"钱锺书",可是编辑先生说这样不合规范,结果印出来的全是"钱钟书"。流沙河先生也说,"锺和鐘不同"(第二三五页)。据说钱先生抓周时抓到一本书,于是取名"锺书",显然此"锺"为"锺情"之"锺",而非和尚撞钟之"鐘"。而今统一简化成

跟流沙河先生学认字

"钟"，钱老先生并不买账，他自己署名就从来都是用的"钱锺书"。奈何如今钱先生已归道山，"锺和鐘不同"，他也管不到了。

汉字之妙，意蕴无穷。每一个汉字，都有其根，在这字根里探秘，可以触摸到中华文化之脉。先人的智慧，真是可惊可叹。当我们提笔忘字时，实在有点愧对祖先。找一本《白鱼解字》好好看看吧，跟着流沙河先生，可以认得好多字。

二○一三年十二月七日于有不读斋

读书又一年

　　据说喜欢书的人有好几种：有的喜欢读，不太买；有的喜欢买，不太读；有的又喜欢买也喜欢读，大约算得真书虫。我觉得自己也算是书虫之一，买得多读得杂。小时候家里穷，没有余钱买书，偶尔在父亲换下的衣服袋子里摸出三两分钱，几次才能凑够买一本小人书。自己刚有工资那时候也不富余，有好些年都是月入不满百，常怀枵腹忧，所以我曾给自己定下一个规矩：只买要读的书，买来的书都要读过才对得住这些花出去的银子。可是一年一年买书读书，读书买书，慢慢地就坐下病来，成了瘾头，如今又没有了要一分钱掰着两半花的顾忌，不免就放开手来，遇到旧书摊上的引诱和网店打折的蛊惑，更是好像捡了多大的便宜似的，书灾成患。

　　又到一年尽头，该把年来购读之书做个整理，分而治之，已读的要上架归藏，未读的也要排排队，且待慢慢读来。可是不分不知道，一分吓一跳，今年买的书里，没读的占去多半。这一下真就坐实了人家的疑问：买这么多书，都读过吗？抵赖不过，老实交代：这回真没有。

　　单说成套的。买来一套《鲁迅初版著作精选》毛边本，一大纸盒，还没拆封。我一九八五年买得一九八一年版十六卷精装本《鲁迅全集》，还有一些单行本，都是多次重读过的，有时候完整地重读一遍全集，有时候抽出几册看看，这一套毛边本，买来就不是成心要读的，只是觉得好玩。我们都知道一九八一年版的《鲁迅全集》里还有一些"文革"余韵，文、注都有可疑，想玩的时候可以拿初版本对照玩玩，此所谓宁可备而不用，不可用而无备也。

陆续买来北京十月文艺出版社重印的止庵校订整理的《周作人自编文集》，也是一本也没读。周作人的散文，该读的以前都读过了，只是以前读的是零星收来，版本不一，现在看到这套本子，按周作人自编的文集整理，开本、印装都令人满意，有闲的时候随便抽出一本看看，都是不错的选择，且先买来再说。

"耕堂劫后十种"，读书的都知道，原来有一套山东画报出版社的本子，印装精致，开本小巧，很好的，我也早已购读。今年是孙犁先生百年诞辰，多家出版社都有重印此集，我买了一套新出的精装珍藏本留作纪念。

我跟读董桥二十多年，可以说董桥的散文全都读过的，特别是最近几年，请我的学生从香港购回几种牛津版董桥散文，就更加迷上了："到后来，迷的是装帧。"牛津版的董桥散文，真是精致典雅。认真比对，发现好些文章在内地的版本里都是被删减过的，心里就有点不痛快。看看自己收的那么些内地版的董桥散文，左看觉得装帧不漂亮，右看见到文字被阉割，十足是一堆残次品，于是今年就把牛津版董桥散文收了一个齐。好家伙，摆开来一长排，很气派。

还有黄永玉先生的那厚厚三大本《无愁河的浪荡汉子》，还有……买来没读的书太多了，全列出来真不好意思。打住。且说这一年读过的书吧。

年岁大一点，人趋向怀旧，喜欢读《提前怀旧》这样的散文，又读过了《南京味道》，于是就把余斌先生新版的《张爱玲传》也买来重读。读完了张传，就想知道关于张爱玲的研究有些什么新的成果，于是又读了李黎《张爱玲，未了情》、苏伟贞《长镜头下的张爱玲》和陈子善《沉香谭屑》，还有张爱玲与庄信正、夏志清的通信，甚至连胡兰成的通信集也买了两本来翻翻。

　　读信是很好玩的事。夏志清在《张爱玲给我的信》的注释里，忍不住透露自己的情史，他居然说："大家都知道我喜欢女人，还以为我有多少女友，我年轻时只心仪两位女士，婚后的情人就是陈若曦、於梨华和某编辑。其实我是很规矩的，女人不主动，我是不会去追的。"我们不妨数数"很规矩"的夏志清先生有多少女友：婚前两位女士，结两次婚，婚后三个情人。大约只有婚前的两位女士是他自己"主动"的吧，也许只是"心仪"，没有去"追"，故而未能得手。人到八九十岁了，会这样坦白。

　　《周作人俞平伯往来通信集》和《孙犁书札》里虽然没有这样的八卦，读来也是很有意思的。我读这两部书信，比读别的书都要仔细。我觉得老辈人的学问、礼数，如今都难得见到了。

　　今年还读了一些回忆和口述历史，都是很好的书。周志文的《记忆之塔》《家族合照》和《同学少年》，读的时候很容易联想到自己的少年时光。李黎的《半生书缘》、李怀宇的《家国万里》、苏炜的《天涯短笛》，都是他们访问学人的记录，在那些年高德劭者身上，我们可学的东西太多太多。这一类的书籍今年还读了《王元化晚年谈话录》《王国维家事》《洪业传》和《红蕖留梦：叶嘉莹谈诗忆往》。只是王鼎钧先生的四卷本回忆录，我读了前两卷，觉得没有自己期望的那么好，放下了，没读完。都说王鼎钧的散文好，偏偏我欣赏不来，没有体会到其中的妙处，可见自己学问不到，见识不多，还是要加强学习啊。

读过的书当然还有一些，有些读过也就算了，不去说它了。

朋友们送的一些书刊，倒是都认真读过，一来是诚心见贤思齐，二来是书情厚意不能辜负。　总说声谢谢，就不一一道来了。

今年自己也印了一本小书。读书写作经年，总会有点敝帚自珍的念想。邯郸学步，自无足观，呈师友们指教，许多朋友勉力提携，不吝鼓励，竟能指出《学步集》的许多好处来。自己觉得一点小的尝试得到认可，还是很感安慰的。

今年写得太少了，只有五六万字，大约是往年的一半不到，不过有几篇长文写自己的初中、高中和高考，还有《香港访书》《上海访书》等，自己还是满意的。我还在想，如何把自己的读书与过去的生活结合起来，写成一组回忆性的文字。也只是这样想想，如何写法，只好等写的时候再看了。"理想不仅是个引诱，而且是个讽刺，在未做之前，它是美丽的对象，在做成之后，它变成残酷的对照。"不过有一个美丽的对象在前面引诱，这样的日子还是有意思的吧。

二〇一三年十二月二十七日于有不读斋

《也无风雨也无晴》

沈昌文著,海豚出版社,二〇一四年八月。

我从二十世纪八十年代的后期开始读《读书》,最初是喜欢,痴迷到每一期的每一篇都读,后来是难舍,坚持订阅,每一期都选读一些感兴趣的文章,直到后来觉得有点读不懂了,只好忍痛割爱,不再订了;前后有二十多年。二十多年的《读书》,在书架上也有满满几格。如果把家里的书籍按出版社分类,毫无疑问,北京三联书店出版的图书排在第一,数量最多。几十年来,我可算是三联书店的老读者了,很大程度上,可以说是范老板和沈公影响了我的阅读品位,他们编辑出版的图书,是我几十年来的主要读物。不必说范老板亲自编的《随想录》《傅雷家书》《读书随笔》《洗澡》《干校六记》等等是我的必读书,也不必说沈公编辑的《宽容》《情爱论》开拓了我的阅读视野,就是沈公退休之后参与策划的"书趣文丛""新世纪万有文库"我也是藏读不少,老刊新出的《万象》更是一期不落。

我在范老板的《叶雨书衣》里看到一张照片(第六一页),是《读书随笔》出版后在京的叶灵凤的老朋友们在毛边本样书上的签名,扉页上有黄苗子先生写的题记和十四位老先生的签名,其中"范用"的签名显然是后贴上去的一个小纸片。我对着书影反复揣摩，发现被覆盖的签名是"沈昌文"。这个书影在我的心里留下长久而深刻的印象，我一直想知道范沈何以不睦，也一直想知道范沈会如何评价对方。在范老板逝世之前，沈公的《知道》对此不提，如今范老板已归道山，沈公年至耄耋，在回忆录里，范老板当然是绕不过去的一位人物。

读毕《也无风雨也无晴》，我对沈公肃然起敬。在书里，沈公对范老板满是尊敬与感恩，几无微词，纵有不敢苟同之处，也只做是非判断而不做道德判断，并从范老板的立场给予理解。我看过许多死无对证的辩解和驳难，相比之下，沈公的襟怀令人敬佩。

沈公说，他是上海棚户里出来的"小赤佬"，一路只想着"往上爬"。这样一个"没有多少文化"的"小仆欧"，自二十世纪五十年代进入文化单位，到八十年代"爬"上领导岗位，在那样波云诡谲翻手为云覆手为雨的三十年间，不放低身段，是难有立足之地的。沈公总结一世风雨，一言以蔽之，曰："识相。"真是大智慧。反观乎己，我们在生活中常常碰鼻子，"不识相也"，岂有他哉。

二〇一四年十月十四日于有不读斋

读《萍水生风》

　　白水兄寄来《萍水生风》时，我还在读罗海雷的《我的父亲罗孚》，后来又去了一趟株洲，带回家一大包书，各种新鲜，东翻西弄的，就把白水兄的书搁下了。心里大约想过的，白水兄的文字多数在博客上读过了，等空闲下来再细看。

　　我二〇〇八年开始在"天涯"写《戊子读书记》，写了一年，有一些朋友一直不断地给我指教和鼓励，就这样认识了。白水兄也是这样认识的，算起来有六七年了，虽然迄今未曾谋面，但已是很熟的老朋友了。我把自己的小书寄给他，他读完《读书消暑录》，写了《重叠的脚印》，读完《学步集》，又写了《读书有什么用》。我们大约同龄，我们略有同好，对书对事也有相近的认知和观点，在我，是引为知己的。有时候写一点文字贴在博客上，见有白水兄的点评，会感到欣慰，觉得自己的一点小想法，有人知道，有人懂得。

　　白水兄在"天涯"的时候，开过一块"溪村人的自留地"，自留地里杂花生树，很是一番好风景。我常到这里来读白水兄的短文。我很喜欢读白水兄的短文，有一点孙犁，有一点汪曾祺，那么样的清新，那么样的淡远，而又不失山东汉子的素朴和爽直。到二〇一三年的时候，白水兄的博客更新得慢了，而一组读汪曾祺的文配画在《开卷》上连载起来,我不免有一点着急,因为《开卷》是宁文兄要两个月才寄一回的,但我也能理解,白水兄不更新博客,大约是要尊重纸质刊物的版权。这也可见白水兄是规矩意识很强的细心的人。

《萍水生风》是白水兄的读书札记,一组是读《史记》,一组是读汪曾祺,一组是读《金瓶梅》,都是短文,每一篇都配着老五的画——白水兄说,起先是老五要为汪曾祺的《邂逅集》作插图,白水兄毛遂自荐为插图配文。现在这样子编成一书,也难说是文配画还是画配文。画是文人画,用墨、用笔、构图,只知道好是好,我却外行,还是说白水兄的文——读《史记》一组,着重在对人物的理解,韩信、刘邦、萧何、张良、项羽、樊哙,这样一个一个写得来,有二十二篇,每篇不过几百字。白水兄的功夫就在这几百字里显示出来,我读着这几百字,脑子里会突然跳出另外的一些人,比如……还是不比如吧,我想你读你也会的。这样一来,读书札记就深了一层,让我们有了一切历史都是当代史的体会。

读汪曾祺的一组占了本书的多半篇幅,有四十一篇。有对汪曾祺小说的阅读体验,对汪曾祺文字的理解欣赏,对汪曾祺创作艺术的分析和探究,有些已是深入到文艺批评的理论层面了。白水兄细致深入的阅读,揭示出汪曾祺艺术之精妙之处,其言人所未言者,令人叹服。

还有十二篇读"金"小札,同样精致高妙。《金瓶梅》我当然也是读过的,读过《张竹坡批评金瓶梅》,也读过《金瓶梅词话》,但是,说起来很不好意思,我初读是好奇,再读,也不过是平息了好奇之心后重读小说而已。白水兄读"金"之细之深,之专注于艺术,之探究其民俗,都是我所不及。

白水兄读书是博杂的,而此书又如此专精。唯其博杂,博识广闻,方能如此专注,其文笔精练,用字精准,立意精深,已臻妙境。真好。

二〇一四年十一月二日于有不读斋

我与《开卷》的书缘

　　宁文先生说,《开卷》十五周年了。我也想写一点文字,表达一个读者对《开卷》的敬意。

　　我是偶然在书店里买到《我的书缘》和《我的书房》,才第一次知道有一本叫《开卷》的小刊,有一位叫董宁文的编辑得到了读书人众口一词的赞誉。那已经是七八年前的旧事了。那个时候我只知道自己读书玩儿,连博客也还没有玩过,周围也没有什么特别爱书的朋友,以为"环球同此凉热",大家都忙着奔小康去也,读闲书的人大约成了稀有动物,也就没有想过要用什么办法联系同好。读了《我的书缘》和《我的书房》,觉得董宁文先生十分神奇,不免好奇,就在网上搜索,终于查到了《开卷》和宁文先生的联系办法。

　　还真是有缘千里来相会,不多久宁文先生到进贤参加读书年会,在返回南京之前有一天时间在南昌逗留,恰逢周日,于是相约一见。我清早赶到南昌,给他发短信,他说在孺子路的一家酒店,我又赶到那家酒店,在一楼的大厅等他。他下楼,径直向我走来,我们握手,说话,竟然没有自我介绍,好像是故友重逢。

　　那一天很愉快。我还见到蔡玉洗先生和金实秋先生,我们一起去文教街和青苑书店淘书,又见到刘经富先生。我把带去的书请他们签名，还留下两本书在南昌的书友家，请第二天会到南昌来的薛冰先生签名。那是我第一次与《开卷》的编者接触，心里清澄，为人朴实，待人诚恳，这是他们留给我的印象。这样的人编辑的杂志一定好看。

此后是每两个月一次的《开卷》如期而至。我每一次收到的《开卷》，信封都是宁文先生手写的，我后来还听说，宁文先生一次要寄出几百上千份《开卷》，每一个信封都是手写。我会常常为老实人的笨办法所感动，我每一次收到《开卷》，看到信封上熟悉的笔迹，我会连信封一起收存，收存起一份温暖的友情。读过了《开卷》，偶尔发个网信或者手机短信，说一点读后的感受，有时候突然想起一点什么意思，也与宁文兄交流。过不多久，会发现自己说过的话被收在刊尾的"开卷闲话"里，这样，就觉得自己也汇入了一个无形的《开卷》群，那里面讯息丰繁，众声喧哗，有点评，有随感，有质疑，有交流，甚至还会有点牢骚，间或也会有人矫情，很有看戏过后溜进后台的快慰。

二〇一〇年四月，《开卷》十周年的座谈会在南京召开，我也获邀与会。第一次见到许多心仪的学者作家，兴奋莫名。座谈会上各抒高见的，当然都是《开卷》的发起人、参与者，或者资深作者，我这个普通读者只在一边听个热闹，冷不丁被蔡先生点名，让我也说两句，我毫无准备，只能略表谢意。这一些，都是《开卷》留给我的美好的记忆。

时间过去真快，这就又过了五年了，我认识的《开卷》已经十五岁了。

这七八年来，我两个月收到一次《开卷》，好像成了一个理所当然的事，全没想过操办的人要有多少麻烦琐碎和细致周到。后来与宁文先生联系稍多，还不生分地提出各种要求，又是要某本书的毛边本，又是要谋签名本，乐此不疲，宁文兄也不厌其烦。我的时间，只分成了读《开卷》和等待《开卷》。

这七八年来，我两个月读到一次的《开卷》还是那样素朴雅致，尽管艰难，两易其主，仍不改初衷，坚守在自己的小园地里默默耕耘。一个印张的《开卷》不分专栏，对文章的内容似乎没有特别的要求和限制，似乎又明明是有一种特别的标准。我们偶尔写一点文章，不敢轻易给《开卷》，怕质量不高，有污它的清誉，可是如果有文章刊在《开卷》，我们又分明是以此为荣的。《开卷》不仅是推广阅读、传播书香，还有抢救史料、修补记忆。我们看到，十五年的《开卷》，皇皇八卷《开卷闲话》和近百册的"开卷文丛"，涓涓细流汇成大海。

我还记得曾有人说过，《开卷》是有病的人办的杂志。此病无他，书癖是也。沉迷书香，执着成癖，独有书癖不可医，大家乐于传染的，是《开卷》的包容、沉稳、蕴藉和坚持。让我们都有理由期待它的下一个十五年，再一个十五年。

二〇一五年三月十五日于有不读斋

《非日记》

　　我上天涯的闲闲书话很晚，已是二〇〇七年的九月，发了《读书消暑录》之后，忘记怎么登录，摸索了好久才找回这个帖子，看到许多留言，不免心中窃喜。也才知道了，闲闲书话里高手云集，就有点露怯了，再没敢到那里去发帖，转而开始经营起天涯的博客"有不读斋"。《戊子读书记》就是那个时期有心写的，写得比较顺手，自己也还算能够满意。如果按钟叔河先生所谓"自己满意的才是好文章"，我觉得《读书消暑录》和《戊子读书记》算得我的好文章吧。此后再写，感觉上好像总差那么一口气。

　　一篇文章，文气很关键。杂凑硬写出来的东西，文气不畅，怎么读都不舒服。

　　胡洪侠的《书情书色》也是那个时期贴在天涯博客的，我一直跟读，觉得好。好玩，有意思，文笔清畅，摇曳生姿，氤氲其间的文气妙不可言。其间我还与他有过一次交流，他把我的回帖也作为一则"书情书色"记了下来，让我小激动了一阵。所以后来又翻回去看他的《非日记》。

　　过了这么多年，他又把《非日记》整理出版，我这样的老读者，买的时候主要不是为了读，一是它勾起了我的回忆，二是书的装帧很让人喜欢。

　　书买回来，自然还是要读的，虽然可算是重读，仍是很有意思。胡洪侠说，他写《非日记》，是"想找到一种适合我的文体，可以随心所欲地写什么，借此留住一些日子，好让日子不会变成'非日子'。我写点听来的故事，读来的趣味，买书的收获，藏书的甘苦；也写飘忽的心情，偶然的念头，遥远的从前，坚硬的现在；写点大时代的小角落，小人物的大悲喜；写点给自己看的东西，仿佛自说自话，窃窃私语；也写给别人看看，仿佛和知心的朋友联床夜话，虽不促膝但能交心，虽无大用，聊胜于无"。

　　胡洪侠的文字追慕董桥，自然流畅，收放自如，到《书情书色》的时候已经达到一个较高的境界了。《非日记》是这种文体的试验，已经初具风格。

　　我写了几年日记体书话，写写停停，停停写写，也是想找到一种适合自己的文体。日记而成为体，总不免还是有一点做作的成分，而文字一做作，便不足观，所以又矛盾起来。今年又回到写《有不读斋札记》，也是一种"不日记"或者"非日记"吧。

　　　　　　　　　二〇一六年二月十六日于有不读斋

《作文例话》

　　我小时候写作文得到过老师的鼓励，所以后来尽管学的是数学专业，也还是会偶尔拿起笔来写一点文章。有些幸而被编辑先生看中，发表了；有些如泥牛入海，没有音讯。我有自知之明，知道那些没有音讯的文章不是明珠暗投，一定是自己写得不好。钟叔河先生说他衡量自己文章的好坏以自己是否满意为标准，自己满意的就是好的。我也想这样定个标准呢，可惜我定了不算，我自己满意的也有投出去别人并不满意。有人不满意，自然就是不好。然而，究竟怎么不好，也没人指点，自己也没有认真琢磨过。

　　想把文章写好，大约是写作者的共同心愿，非只是学生要作文交卷应付考试吧。我现在还记得自己十几岁的时候，买过一本《文笔精华》，不只是读，还抄，还背，无非是想记住一些华丽的语句，期待某一天自己作文时能用上。后来又读了叶圣陶、夏丏尊先生编著的《文章例话》，也是背诵，还揣摩叶夏二老的点评。后来又读了张中行先生的《作文杂谈》。这些著作读下来，对自己的帮助还是很大的。然而文章仍然写不好，这个就怪不得别人，只恨自己积累不够了。

　　什么样的算是好文章呢？有主张朴质明净，不违常识的，这大约是从内容上讲;有主张要写得像话的,此所谓我手写我心,心里怎么想,嘴里怎么说,笔下怎么写,这大约是从语言上讲的。我前几天读汤炳正先生的《渊研楼杂忆》,知道了汤先生写文章主张"立意要新,文笔要活",这些都是很好的建议。但是,对于中学生而言,这样的建议不易落实。朴质明净,那是几十年历练之后的返璞归真;我手写我心,那是要有丰厚积累,胸有成竹,方能手随心到,意从笔出;而立意之新,文笔之活,也不是轻易可以做到的。

中学生学语文有三怕,据说是一怕周树人,二怕文言文,三怕写作文。可见作文真是个难事,尤其是考场作文,既是命题,又限时间,甚至还关乎前途命运,任谁也怕它三分。有一本针对性强的作文指导书,对学生的帮助是显而易见的。

《作文例话》就是这样一本可以让中学生朋友参考的辅导书。辑一之作文之道,有战略上的指导意义,介绍了语文素养积累之法,要向名家、向群众、向生活学习语言。辑二之文法相印,有战术上的参考价值,如何安排情节,如何反意求新,如何反弹琵琶,如何侧面烘托,如何落差起伏……通过示例和点评,从谋篇布局,到细节安排,到结语成句,各种作文技巧的介绍,颇有拨云见日之效。辑三之下水作文,更是把自己的文章摆出来让人评点,好比是一个个成功的战例,能让你体会到战略和战术的运用之妙。而辑四之诗文赏析和辑五之名家访谈,不啻是引领中学生朋友进入文学奥堂的几级台阶,你自可拾级而上,登堂入室。

胡忠伟先生有中学语文的教学和中高考作文研究的丰富经验,我不能说《作文例话》达到了叶夏二老编著的《文章例话》的高度,也不能说《作文例话》超越了张中行先生《作文杂谈》的水平,但就其实用性而言,参考价值不在叶张二著之下,这是我愿意把它介绍给中学生朋友的原因。

二〇一六年一月七日于有不读斋

补注:

《作文例话》,胡忠伟著,山东画报出版社二〇一五年六月版,"琅嬛文库"第三辑之一。

《书海泛舟记》

是很偶然的某一天在冉云飞的微信里看到他推荐这本书，才去网上找来的，一起买的还有《父子大学》。买来之后又在书桌上摆了很久，去年的计划是重读沈从文和周作人，新书都堆在桌上，开年之后才着手慢慢地消化掉。

这是一本好书。读书有什么乐趣？有时候跟平常不太读书的人还真是说不清楚，甚或不屑说，所谓"不足与外人道也"。《书海泛舟记》，所记的是与读书有关的好玩的故事，有同好者自有会心，觉得读书真有这么好玩；无体验者一定羡慕，原来读书真是这么好玩——可惜，没有阅读喜好的人大约不会读到这本书，自然也无由生出羡慕。

这本书的好处自不止这一项，我觉得其中最值得称道的，是培养阅读兴趣的方法和指点读书门径。作者的老父亲范老先生的许多做法，是很值得我们做父亲或做老师的参考的。

范老先生是一位书痴。对书爱惜，与书友交往借书还书极重诚信。《还书》一文记录的是范老先生与史大夫之间借书还书的故事，两位书痴的形象跃然纸上。范老先生借了史大夫的《东林始末》，约好十天归还，到第十天，天大雨，书也尚未读完，老先生用油布把书包得严严实实，着七岁的范福潮去还书。史大夫打开布包,随书附有一纸短笺:"暮桥兄:因家事烦扰,书未读完,先如期璧还,若允弟再读三日,最好。另,前日所还《甲申传信录》,有几处尚有疑惑,能否再借三日?盼复。即问安。"史大夫读罢一笑,抽出毛笔写了两行字,然后又找出《甲申传信录》,与《东林始末》一起包在油布包里让小范带回。

史大夫不像范老先生那样认真,他借书从不写借条,范老先生专门为他建立一册"书刊往来账",史大夫借书走后,他把书名记上,数一数他还欠几本书没还,见有绝版珍本,自不免还要念叨几句。念叨归念叨,从来不催的。有一次见到《带经堂诗话》,又买一部,题上字,让小范给史大夫送去。史大夫打开书,小声念道:"新的不去,旧的不回。史兄惠存。"念罢,哈哈大笑。他从书柜里取出一函线装书包好:"你爸爸送我新书,是催我还旧书呢。"这么好玩的范老先生,又疼惜自己的好书,又珍惜书友的情谊,其对儿子的身教示范作用,胜过万语千言。

范老先生读书养气,不求闻达,而又深明教育规律,在培养儿子方面,与其说是用心良苦,毋宁说是爱子情深。他并没有要求儿子学成什么样的人才,可是他深爱自己的儿子,觉得一个人应该具有什么样的一些知识,才会活得有情趣,能够体会人生的意义和快乐。他毫不功利,既能让儿子自由阅读,又能给予指导。

范福潮在《集腋成裘》一文里说:"父亲待我宽严有度,只要不淘气得出了圈,玩耍从不受限制,但对日课要求极严,近乎苛刻。……父亲给我定的日课有,《千家诗》十首,熟读三遍,读《幼学琼林》一页,继而诵读《古诗源》、龙榆生《唐宋名家词选》、高步瀛《唐宋诗举要》、郭茂倩《乐府诗集》。"老先生每月底检查,笔记不满三十纸,还得受罚。

范老先生不只给儿子规定课程,还指点方法:"今年国文课的作业是,《初学记》有多少卷?分多少部?又分多少子目?你以此书为日课,先把子目背下,两个礼拜读一卷,随手记下生字、词语,过后查字典,注音、释义,依叙事、事对、赋、诗、赞,循序诵读,不懂即问,一年读完,捎带把《幼学琼林》和《古诗源》再读一遍,学有余力,再看闲书。"小范读到《初学记》中的渭水,问老先生关中渭水长约千里,姜太公钓鱼的"渭滨"究竟在何处?老父亲说,不远,我带你去。天气好的时候,范老先生让儿子放下书本,与同学们出去游山玩水。他说:"山水草木,人情世故,游戏玩耍,生活百态,都是书,有字书易读,无字书难读,能从无字处读出书来,才算不隔。"老先生还给儿子书一张条幅挂在床头:"冬夜须养浩然气,夏日宜读无字书。"《诗经》怎么读,《史记》和《左传》如何参读,老先生都一一指点要领,让儿子在书海漫游。

翻开《书海泛舟记》和《父子大学》,满篇都是这样好玩的故事和极具指导性与参考价值的读书方法。范老先生教育儿子的方法,让我想起《学记》里的"强而弗抑,导而弗牵",也想起《论语》所谓"不愤不启,不悱不发"。范老先生对教育原理和教学方法的运用,真是臻与化境,让儿子生动活泼学习,充分自由发展。他也更让我们认识到,教育原理和教学方法的合理运用,都是基于爱。爱的教育,才是有成效的教育。

二〇一六年二月六日于有不读斋

补注:

《书海泛舟记》《父子大学》,范福潮著,上海社会科学院出版社二〇一三年九月版。

《文心书事》

　　靳逊先生的名字，我很早就在读孙犁先生的书时知道了，我还以为他是一位老先生；当然无从联系，只是对这个名字留下过印象。后来我写博客，在网上一些同好的博客上乱窜，常常能看到他在别人的文章后留下的评论。博客上的评论，通常不过是简短的一两句话，表示读过，甚或只是为了留个脚印而已，评论本身的内容，未可当真。可是靳逊的评论不是这样，他一写就是一长段，几百上千字的，也是有的，还不只是长，话也直率，有时候一针见血，我都要替博主冒冷汗。有见识，又不隐瞒自己的观点，虚心一点的人，遇到这样的评论，也是一件开心的事。

　　我和靳逊就是这么着在网上联系上的。

　　网上认识的书友很多，虽然你来我往很客套，但多是点赞之交，深交的还真是不多。再说，网络毕竟是个虚拟社区，交往中聊的都是面上这点事，个人性情如何，没有直接的接触，也是不易深交的。交浅言深，担心冒昧，现代社会多数人都把自己的内心裹在一个厚厚的壳里，掏心窝子说说体己话，到底还是少数。靳逊兄是这少之又少的能掏心窝子说说体己话的朋友。

进一步的认识,是在二〇一五年四月参加"书魅文丛"的编者在青苑书店举办的一个读书分享会上。那个读书分享会,我们两个算是嘉宾,在青苑书店的二楼,面对几十位读者,说读书经历,阅读兴趣,分享 点所谓人生感悟。头天到的南昌,下午晚上,都是我们两个在房间里聊天,所以对他的经历,对他的读书趣味和对待写作的态度,都有较为深切的体会。

《文心书事》是靳逊兄关于读书的随笔的结集,广而言之,也可算是书话。我说是随笔,是因为这些文字多数是意随笔出,随手录下的读书札记,有些就是在别人的博客上留下的评论;我说它也算是书话,是因为这些文字无一例外都是关于书的,是读书的随感,是淘书的苦乐,是师友的交往,是书缘的记忆。

靳逊读书有所选择而又不宗于一家。他读孙犁,他读贾平凹,近于崇拜。我不太能理解的是,他对胡兰成也那样痴迷;坦率说,我对胡兰成多少有点排斥,论学问,论格调,论文采风流,高过胡兰成的不知凡几,少读一个胡兰成,未必有什么损失。

靳逊读书有一个不同于别人的习惯,他发现一家,则集中火力专攻一家。读过安武林的几篇散文觉得好,他就从网上把安武林的散文下载打印成册。他每读一个作家,务求深入、全面,而不是浅尝辄止、蜻蜓点水。

深入的阅读,深入的思考,使他的文字有深度,有张力,短小的随感和札记,有力透纸背之功,有一针见血之效。当然,也因为是随感和札记,不免有一些即兴的成分,有时候思维的跳跃性太强,脱离了当时的语境,前言与后语内在的逻辑关联不易读出,文字上就难免跳脱。如能稍作删削,可使整饬，则更臻佳妙也。然而书已印出，我这个意见只能算是吹毛求疵的马后炮了。

二〇一六年二月十日于有不读斋

补注：

《文心书事》，靳逊著，江西高校出版社二〇一五年十月版，"书魅文丛"第二辑之一。

《枕书集》之外

"早起到抱石文化街旧书摊,以三十元得书五册,此其一也。《枕书集》我有购藏,并曾于《开卷》十周年之际携至南京请稼句先生签名。今在书摊见此,实不忍其流落风尘也。书主为原沙土中学退休教师,年逾古稀,后人无此书癖,只得及身散之。思之怅然。"这是我题写在扉页上的一段跋语。

上午从书摊回来,把五册小书稍作打理,写完这段跋语,拍了书影发在微信朋友圈,同时发的还有我原购藏的《枕书集》扉页上稼句先生的签名。

还没过两分钟,兴化书友姜晓铭兄发来微信:"兄淘得稼句先生书如是复本,可否转让给我?"当然可以。我回复说:"可以的。送给你。年会时带去,请稼句先生再题写几句话。"今年的读书年会,原定在七月,又说改八月,具体日期还没有确定,我想稼句先生、晓铭兄,都应该会去的吧。到时候把这册小书带去张掖,请稼句先生题跋,再赠给晓铭兄,也算是一段书缘佳话。

只过半小时,进贤书友胡磊春兄留言:"问好卫东兄。《枕书集》复本可否转让给我,我是王先生粉丝,书款及《文笔》二〇一五年秋、冬卷当一并奉上。"我只好如实回答:"磊春兄好。看来稼句先生的书很受欢迎,我一晒图,已有人先说要了。不好意思,我先答应晓铭兄了。"磊春兄说"随缘"吧,言语间不免有一点失落。这几年来,磊春兄对我多有关照,承他赐寄,《文笔》一期不缺,我心存感激。

又过一小时,彬县书友胡忠伟兄留言:"易老师,王稼句先生的那本《枕书集》可否转让给我?"我赶紧回话:"你是第三个要的。我一贴图,晓铭兄就下手了,我答应给他了。"我一边还在跟磊春兄聊天,说稼句先生要知道他的书如此受欢迎,一定高兴。磊春兄也说:"还是他人好,作品质量高。"

不承想,关注此书的还有。三个小时之后,包头冯传友兄微信上说:"王稼句这本书是书摊上买到的吗?"我还以为他也想要呢,告诉他已经给晓铭了。传友兄说"我有的",只是问问价钱。我说太便宜了。传友兄告诉我:"你捡大漏了。王稼句早年的书一般百元左右。"有复本,朋友要,就送了,无所谓捡漏。传友兄的信息,说明了《枕书集》稀见,是值得收藏的好书。

《枕书集》是我买到的第一本王稼句著作,书上记录的购书时间是一九九一年六月二十日。小书三十二开,二百来页,十几万字,选了近百篇书话,皆为精短小品。第一辑"小说印象",第二辑"雨天杂读",第三辑"旧书新谈",第四辑"灯窗书语",稼句先生说其实都是"自己读书后的随记"。

王稼句先生早期的书话,受唐弢、姜德明影响较深。他说:"书话,是一个古老而又常新的写作领域,它的形式是多种多样的。但我认为,它绝不是资料的记录,应当具有更多的东西。这一点上,我赞同唐弢同志的见解:'书话的散文因素,需要包括一点事实,一点掌故,一点观点,一点抒情的气息;它给人以知识,也给人以艺术的享受。这样,我以为书话虽然会有资料的作用,光有资料却不等于书话。'"《枕书集》里的这些书话作品,大体是在这个观念的指导下完成的。

然而,有王苏州之称的稼句先生到底又是江南才子,他的学术底色和个人性情里,有更多周作人和黄裳的成分。他说:"黄裳,我是素来敬佩的,敬佩他的博学,敬佩他的文笔,敬佩他的识见。""黄裳先生的散文,有一种韵致,说不出是佳酿还是清茶,读来总是余香满口。"他说:"周作人的作品,以艺术上的熟练和精致,赢得盛名,尤其是他的小品文字,白成冲淡一派。"《枕书集》里,不难看到周作人《书房一角》的影子。

二〇一〇年四月,宁文兄邀请我去南京参加《开卷》十周年座谈会,我在列车上把《枕书集》重读一遍,会议的间隙,我持书请稼句先生签名。稼句先生说,读过《枕书集》的读者不多。我同时还带了另外两本王著,他也都签名题字。那一天他喝了不少酒,大约在半醉半醒之间,有一本书上的落款,写错了纪年。这是我第一次见到王稼句先生。四年之后在株洲再见,又带了几本稼句先生的新著去请他签名,都得到满足。我把自己的《学步集》给他,他说:"自己的第一部作品,不应该起名《学步集》。这是老人对自己作品的谦称。"我还是头一回听到这么个说法,不免为自己的书名深感忐忑。

转年,我的《夜读记》出版,给他寄去一册,得到的回馈是一册《闲话王稼句》的毛边签名本和一纸书法小品,录的知堂杂事诗一首,落款处钤了一个"稼句涂鸦"的闲章,令我大喜过望。稼句书法,以隶书结体,行楷笔意里有一点郑孝胥,有一分郑板桥。稼句先生性情,亦由此可见。

二〇一六年五月十四日于有不读斋

补注:

《枕书集》,王稼句著,上海人民出版社一九九一年二月版,印数两千八百册。

与《浙江籍》相关的一些别的话

去诸暨参加读书年会之前，我已经知道了周音莹、夏春锦主编的"蠹鱼文丛"出版的消息，其中，我最感到有兴趣的是陈子善先生的《浙江籍》。我希望能先买到一本来读过，之后再带到诸暨去请子善先生签名。很奇怪，那一阵子我常购书的当当和亚马逊都没上货，倒是在布衣书局的微店先买到了一本扬之水先生的《问道录》。《问道录》是旧文选编，多是摘抄的日记，也有几篇是此前没有读过的。扬之水先生是诸暨人，好像有消息说她要参加年会的，所以我就又把《问道录》先读一读。好文章真是耐得重读。扬之水先生关于徐梵澄先生的那一组日记，我至少读过三遍，在《无轨列车》《人间世》上，在《梵澄先生》上，在《〈读书〉十年》中，而今重读仍有兴味。没有好久，又听说扬之水先生不参加这一次年会，不免令我有一点失望。《浙江籍》还没有买到，失望之余还加了一份焦急。好在又没有好久，就得到消息说年会为与会者准备了"蠹鱼文丛"，会议还有一个关于"蠹鱼文丛"的讨论的环节。于是我就安心等着年会的到来，一边还猜测着陈子善先生会在这一本令人期待的《浙江籍》里写到谁呢？

我对"浙江籍"的兴趣由来已久。把《浙江籍》这样的书名与子善先生的专业联系起来，有一点现代文学史知识的读者，联想到的第一个词必定会是"某籍某系"。一九二五年五月,北京女师大风潮正烈之时,《京报》上发表了鲁迅起草的《对于北京女子师范大学风潮宣言》,联署签名的有七名教授:马裕藻、沈尹默、周树人、李泰棻、钱玄同、沈兼士、周作人。几天之后,《现代评论》刊出陈西滢《闲话》,说:"《闲话》正要付印的时候,我们在报纸上看见女师大七教员的宣言。以前我们常常听说女师大的风潮,有在北京教育界占最大势力的某籍某系的人在暗中鼓动,可是我们总不敢相信。……我们自然还是不信我们平素所很尊敬的人会暗中挑剔风潮,但是这篇宣言一出,免不了流言更加传布得厉害了。"陈子善先生参与注释的一九八一年版《鲁迅全集》在第三卷第八十页的注释里有注:"按某籍,指浙江;某系指当时北京大学国文系。发表宣言的七人除李泰棻外,都是浙江人和北京大学国文系教授。"接着,鲁迅就写了《我的"籍"和"系"》来回应陈源的"某籍某系"。

我读书常常偏离正题。三十年前读《鲁迅全集》,之后就一直记着这个"某籍某系",后来读的作品稍多一些,了解到"浙江籍"非只在"某系",在整个中国现代文学的谱系里,也占了不止半壁江山,光是"鲁郭茅,巴老曹"之鲁之茅之巴这几位头牌,就都出自浙江籍。所以看到《浙江籍》这样的书名就够我一阵兴奋,急欲先睹为快。

还记得领到书的当天下午,有一个关于"蠹鱼文丛"的讨论。董宁文兄的意见认为《浙江籍》这样的书名对普通读者有阅读障碍,一个读者到书店,看到《浙江籍》这样的书名,不知道写的是什么东西,书又有塑封打不开,他就不会买了。董宁文兄自己编书做策划,首先要考虑的是书的受众和销量,书名和书装设计的广告因素必须有所考量,所以书名的信息量要大一些。这是对丛书主编的一个善意的忠告。不过，以我的阅读经验，在作者"陈子善"和书名"浙江籍"之间，毫无滞碍地就能建立一个必然的猜测，对这个书名的所指自有会心，宁文兄的担心是不必要的。

捧读《浙江籍》，自然先查看目录。我想知道我知道的浙江籍作家这里都有谁，我想知道我不曾注意他的籍贯的作家都有谁是浙江籍，我想知道我以为不是浙江籍的作家又有谁会是浙江籍。比如朱自清先生，我的印象里他是扬州人，我还去看过扬州的朱自清故居的，而书中有一篇《朱自清笔下的鲁迅》。此文查考朱自清与鲁迅的交往，全文照录了朱自清的《鲁迅先生会见记》，以鲁迅的日记印证朱文中所记朱自清与鲁迅先生的三次会面，并订正朱文把第一次见面时间民国"十五年"误记为"十三年"。陈子善先生在本书的自序中说："《浙江籍》写了四十九位浙江籍现代作家，无论文章长短，均一人一篇，以求一视同仁。"领衔的头条是《鲁迅识小录》，按照"一人一篇"的规矩，则此篇所记非为鲁迅而是朱自清，由此可见朱自清当为浙江籍。事实上，书末附录了"本书评论作家籍贯一览"，其中注明"朱自清（一八九八——一九四八），浙江绍兴（生于江苏东海）"。这样一来，我这个读书不求甚解也不爱查考工具书的读者，就对朱自清先生的籍贯和出生地有了一点新的知识。

当然，此书之妙处主要不在对某人的籍贯的释疑解惑。子善先生的功夫惯于掘幽发微，揭开文幕，在现代文学的江湖里打捞散落的珍珠。我喜欢读子善先生的这一类著作，倒不是我关心他的研究又填补了文学史上的什么空白，这样高大上的学术问题自有人关心，与我毫无干系。我的喜欢，基于普通读者的一点好奇和八卦的心理，有时候，子善先生文章里的一句话，可以成为对我的"书勾引"。我自诩熟读鲁迅，对邵洵美自然有所了解，但老实承认，邵洵美的作品，我读得不多——早年是欲读不得，如今是兴趣不大。可是在子善先生关于邵洵美的那一篇《"赌博"小说和"影射"小说》里说："邵洵美写过好几篇'影射小说'，有影射文坛巨子的，也有影射身边亲属的。长篇小说《贵族区》里男男女女不少人的原型正是他的亲友。《安慰》'影射'近代小说大家、《孽海花》的作家曾孟朴，算是'以其人之道还治其人之身'，也已是公开的秘密。《绍兴人》'影射'谁？明眼的读者一读便知。当然，最具代表性的是邵洵美续写徐志摩的小说《珰女士》。"这就一下子把我欲读邵洵美小说的兴趣勾引出来。

陈子善先生的文章里，好玩的趣点不能备述，我相信子善先生的读者是一个基本固定的群体，对陈先生的著述都有相当的熟悉，自然也就不必我再饶舌了。不过我的心里还是有一个自作的小疙瘩。据有人查考了民国十四年度九月的《北京大学国文系学科组织大纲》附带的课程指导书，当时在国文系开课的有二十一人，除兼课的之外，国文系的专任教授和讲师有十六人，在这十六人中，浙江籍的有九人之多，他们是马裕藻、沈尹默、沈兼士、钱玄同、周树人、周作人、郑奠、刘毓盘、林损，亦可见当年"某籍某系"势力之大。在当年北京大学的"某籍"人士中，最知名的当属"三沈二马二周"（沈尹默、沈兼士、沈士远、马裕藻、马幼渔、周树人、周作人）这些兄弟伙，而子善先生论及的四十九人中，除周氏兄弟外，三沈二马皆未论及，使我从书名里得来的悬想有一点落空的失望。当然，是我想多了，与子善先生无涉。

二〇一八年一月二日于有不读斋

郑州读书年会得书札记

一、读书民刊数种

全国民间读书年会,早前,也叫过民间读书刊物研讨会这样的名称,每届年会,读书民刊编辑带一些杂志供书友取阅,已成惯例。今年比较特别的是,有复刊的《芳草地》带来过刊数种,其中还有一期毛边本特刊;已休刊的《悦读时代》也带来二○一四年第四期毛边本,殊为难得。开会的时候,我的左手边是阿滢兄,他的左手边是一位初见的美女,给我一册《名堂》,也是复刊号。周音莹女史特意送来一册《梧桐影》二○一八年第一期,说是春锦兄交代带给我的,这一期刊有我为上届年会写的一篇读书笔记《与〈浙江籍〉相关的一些别的话》。拿到样刊,我会先读一下自己的文章,读过一遍之后好像会有一点点满足感,可惜,发现某个句子中间多出一个句号,有点小小的别扭。

拿到的杂志还有《太阳花》二○一八年第二期,这是徐志摩纪念馆的馆刊;《厦门文艺》二○一八年第三期,这是曾纪鑫先生主编的;《阅微》二○一八年的第四期,是"孩童与诗"专号;《问津》是二○一八年的前三期,分别为《刘学谦考》《杜彤考》和《郑联鹏考》,是为"杨柳青人物三考",《问津》注目于乡邦文献,每期一个专题的编辑方法,便于集成;《文笔》二〇一八年春之卷,这是江西进贤的一个小刊,或许是同乡之谊使然,我对这个常常脱期的小刊很喜欢。

《小小说选刊》《百花园》是东道主之一,《温州读书报》久闻其名,却是初读,《唐大郎诗文选》是《点滴》二〇一八年第四期的抽印本。这些年有许多读书民刊我知道只要问一声就会有赠阅,但我也深知民刊经费困难,维持不易,好些民刊我都没有索要。民刊赠阅量大,也就多数是平信付邮,人家费神费力费钱寄出了,我并没收到的情况也是常有的,这也是我不好意思主动问人家要求赠阅的原因之一。当然,我一定同时失去了许多读到好文章的机会,我就至今还没有读过一期《点滴》。

二、年会的书袋、笔记本、藏书票和文集

年会有几个做法渐成规定动作:制作一个书袋、一个笔记本、一枚藏书票,编辑一本文集。郑州年会的笔记本做得精致,笔记本封面图与书袋一致,形成呼应,可见马国兴兄用心。书袋制作得也很大气,看到那个奔跑的雄鹿,内心会涌动起一种激情。藏书票是第二天才拿到的,它比制作者崔文川先生晚到一天,据说是崔先生出发之前"快递"而来。东道主给每位参会代表发了一本《笺谱日历》,是二〇一八年的。去年在诸暨,马国兴兄申办本届年会的时候就承诺说要给每一位参会者送一本刘运来先生设计制作的二〇一九年《笺谱日历》,可见河南对这个日历很看重,把它当作一个文化名片了。由于会期提前,二〇一九年的《笺谱日历》没有赶上,只好用二〇一八年的代替。二〇一八年的《笺谱日历》我原来购过一本,还有刘运来签名,没舍得用,如今又得到一本,连塑封也没舍得打开。

从株洲年会开始,会后都有一本文集出版,是对年会的一个小结,也算得是一份文献,如今已出版了四集,郑州年会的文集也在征稿中。株洲年会以来,我只缺席了天津的第十三届读书年会,每参加一次年会,我都勉力作文,记下自己参会一得。去年的诸暨年会之后,我的那篇关于《浙江籍》的读书笔记,也收存于此册《暨阳书缘》。报到的时候,拿到样书,我还是很欣喜地把自己的文章重读了一遍,在《梧桐影》里看到的那个多余的句号这里没有,我心里舒爽多了。第二天,马国兴兄又给我一册毛边本,说这是给作者预留的。于是我又有了一切一毛两本。切边本在回程的车上读完了,回来把它送给朋友,自己留着毛边本收藏吧。

三、马国兴先生赠书

《纸上读我(2005—2016 手抄报〈我〉第二辑)》是马国兴先生自编的报纸,是他的成长记录,是他"一个人的青春记忆";二○○五年之前的部分,他也编印过一辑,曾送过我一册。我自二○一二年与马兄联系,多有交往,我的《成长课》是经过马国兴先生的精心编辑之后才能发表在《读库》上的,后来他又把编辑此文的思考过程写成文章收录在他的《读库偷走的时光》里,在他的手抄报《我》里也能看到与我有关的几条记录。《读库 1803》刊载了马国兴《中考魔方》一文,其中关于去年郑州中考数学试题的争论,马兄引用了我的一段话。《中考魔方》是马国兴兄继《家长的小升初》之后发表在《读库》上的第二篇关于教育的纪实文章,从家长的视角观察学校、学校教育、社会教育和教育生态,是真实再现当下社会教育焦虑的成功之作。我想,马国兴兄在公子马骁进入高中之后,一定会持续观察和记录小马的高中生活,等到小马高考的时候,马兄再推新作,可成完璧。《成语镜鉴》是马国兴公子马骁的作品。俗话说虎父无犬子,信然。大马小马,甚是了得!

四、武德运先生赠书

西北大学图书馆馆长武德运先生是读书年会长者,长我三十岁,先生沉静和善,话语不多,极其诚恳。我与武先生在年会上偶有接触,年会外得到武先生指教。去年在诸暨,武德运先生赠我一册《作家笔名趣话》,我回来认真拜读过。我觉得武先生的《作家笔名趣话》写得真好,一篇一篇的短文,介绍了作家取笔名的一般方法,又有一些笔的例子来说明作家笔名的特点,每一篇短文都像一颗珠子,由一个"趣"字串成一个整体。武先生的语言也很有特点,清白如水的白话文,读来让我想起叶圣陶、张中行老先生关于"写话"的主张。武先生的语言,没有太过于书面语的那种扭捏,也不流于口语的琐碎,清白、干净、通畅,我读得很有味道。武先生读了《夜读记》后曾专门写信给我鼓励,奖掖有加。武先生知我爱读鲁迅,后来又赐寄《鲁迅生平及其著作》。今次年会特检出旧著《鲁迅谈话辑录》和《外国友人忆鲁迅》二种带到郑州,签名惠赐。武先生说,是上次寄书时没找到,这一回特意找出带来的。晚生感念无已,志以致谢。

五、子公和戴老的签名

陈子善先生是年会的核心,每一届年会他既是讲座嘉宾又是金牌主持,会场内他幽默、睿智、谈笑风生,会场外他亲切、和善、平易近人。每一次见面,持书请子善先生签名是必有的节目。往年我都是一次带多本陈著呈请签名,可是路途遥远,图书沉重,带来带去实在是个不小的负担。这一次我轻装前行,去时只带了一本书,就是子善先生的《梅川书舍札记》。我当天报到略晚,陈老已在书店讲座,未及聆听,次日早餐得见陈老子善先生和戴公建华先生,恰巧二位先生住在同一间房。当我得知子善先生下午将飞广州,于是决定当即跟随二位回房间请他们签名。到得房间,我取出书来请陈老签名,陈老一边还高兴地说:"别慌,别慌,我有一方新印,是'子善古稀',今天启用,看看谁有印泥。"李俊龙兄反应敏捷,说杨栋老师画画,一定带了印泥。我把书呈给子善先生,陈老说"请报上大名"。请陈老签名的人多,我记得每次有人请他签名,他总是会说"请报上大名",我一报名字,他马上就想起"我们都是江西老表"。一九六九至一九七一年间,子善先生在峡江插队,回上海必经新余转乘火车。陈老在书的扉页签上"卫东兄存正,陈子善,二〇一八年九月十五日",李俊龙兄也从杨栋老师那里抠来一点印泥。陈老取出印章钤印,我说我来吧,俊龙兄说他来。子善先生停下手来,开始讲插队时的故事。

子善先生曾在峡江插队。峡江属吉安地区,但与新余毗邻,浙赣线从新余穿城而过,知识青年陈子善往返于上海和峡江之间,都是在新余转乘火车。陈老说,他们插队的村子,就在峡江与新余的边界,离新余是很近的,村子边一条公路,二三十里路直达新余,他常常徒步到江西钢厂找上海老乡打牙祭。江西钢厂和新余钢厂是由上海钢铁厂内迁而来,当年新余因钢立市,新余老城区差不多一半是新余钢铁公司的厂区和生活区,至今那里还生活着很多退休但没有回沪的上海人。陈老问我那条路还通不通。我知道是通的，虽然现在修了高速公路，可是从新余去峡江，前几年我还走过一次那条路。我说，何时陈老有兴致重访峡江，我可以在新余接驾。

在陈老为我带去的书签名的同时，我取出《花笺日记》请戴公建华先生给我题写读书绝句。戴公《日读书志》是我的日课，每日必读。戴公日读一书，读必有记，记必有诗，诗文双绝。戴公的学问，戴公的辞章功夫，戴公的勤奋，无不令人叹服，这在读书群里自是公论。《夜读记》有幸呈戴公一读，有志有诗，还在年会之前很久，我就存心要请戴公为我写下这首读书绝句。戴公接过《花笺日记》，沉吟一会儿，说："中午吧，中午再写。"于是我又把《花笺日记》送到陈老面前，请陈老题写。子善先生接过日记本，略一翻翻，调皮的劲头又起，题写了一句玩笑话："戊戌秋重逢于郑州，卫东索题，而今兄之大名应改为卫平了，一笑。"接着又写一句"今日重题，启用新印子善古稀，今年已年届七十矣。陈子善。二〇一八年九月十五日"。然后，子善先生又取出一本书来，问我对萧红有没有兴趣。我说有的，萧红的小说我都读过。陈老说，这本书转赠给你吧，我还要去广州、杭州，书太多了不好带。原来是作者向陈老请教的《落红记》，还有作者题签。陈老写上"转赠易卫东先生存阅。陈子善。二〇一八年九月十五日于郑州"。我得此意外馈赠，喜不自胜，感谢感谢。

中午，我再到戴公房间，请戴公题句。建华先生不厌其烦，找出《日读书志》，一字一句把关于《夜读记》的那一则抄在笺纸上，足足两页，令我惶恐不安。

六、杨栋先生、李树德先生、方交良兄和子仪女史的赠书

梨花楼主杨栋先生是一级作家，私淑孙犁，创作了大量小说

和散文作品,按年度编印成集,每一年的作品集都以生肖命名,我曾获赠《吉羊集》等。此前两届年会未见杨老,今年在郑州重聚,获赠《锦鸡集》,又得一美女图。《锦鸡集》有"荫园小说"九题,曰白鹳鸟、白太阳、白菊花、白旗袍、白婚纱、白纸条、白蝴蝶、白手稿、白玉嘴,显然是一个系列,也可见杨老创作的认真。另外一辑是梨花楼散文。《锦鸡集》开本小巧,毛边未裁,书房赏玩,诚为佳品。杨栋先生近年来又醉心于画画,年会前有一阵在微信群里日发一图,广受佳评。此次年会,杨老说"送出美女图六十幅",我亦得其一也。

李树德先生是大学英语教授,他说:"虽然我的专业是外语,但始终对文学情有独钟。"李老师退休之后,短短几年就发表了几百篇散文,可见李老师的勤奋。《书情脉脉》是李老师精选的四十五篇书话、书评、读书随笔的结集,分为"书人书事""书评书介""书情书悟"三辑。

《六桂堂藏师友翰墨》是方交良兄所赠,是和读书杂志一起放在书台上自取的。我与方交良兄早有交往,却是初见,年会期间未及深谈,此一毛边本竟未得机会请他题签。

《养生这么好的事》是子仪女史的大作。子仪女史研究现代文学女作家卓有成就,而对养生也有深入研究,殊为难得。

七、"纸阅读文库"五种

内蒙古教育出版社出版的"纸阅读文库"已经出到第五辑,这是其中的五种,是文库主编黄妙轩、张阿泉和冯传友几位在郑州年会报到当天亲自从印刷厂带到郑州的。五百册书,好几大箱,据说为了减少一点飞机托运的运费,还拆了几箱分装在自带的行李中。十五日晚的新书发布会上,几位作者和黄主编都对自己的著作和读书生活做了精彩的分享。本次年会有幸获得五位作者的签名赠书，当然极感快慰。五位作者都是很熟悉的朋友，读他们的著作自然更是亲切如面谈。

《暖石斋读书记》是冯传友兄的第一部书话作品，有"书肆乐淘""书缘漫话""书里明月"和"书话探骊"四辑，"书肆乐淘"写到的一些购书经历，书虫们都有体会，"书缘漫话"里写到的一些因书结缘的作家，也有我认识的师友，读来很亲切。我最喜欢"书话探骊"这一辑里的文章。书话易写难工，写得不好，流于摘抄前言后语，或说一两句应酬的套话，读起来没有多大意思。传友兄这一辑文章是为报纸写的"我收藏的书话"专栏，他介绍的中外书话名作，我多数都有藏读。史有定评的书话名作，如唐弢、叶灵凤、黄裳、姜德明等的书话，成了此中标杆，冯传友兄的"书话探骊"一组文章，竟是介绍这些书话名作的书话，可谓是班门弄斧，关公面前耍大刀，而竟不露怯，非只勇气可嘉，确实是艺高胆大，传友兄对书话这一文体的理解和运用，达到了很熟练的程度。

《边读边发呆》，吴昕孺著。郑州年会我与昕孺兄同居一室，头一天我到得晚，进门见他在专心阅读会议资料，只与他打个招呼，便同舒凡和潘晓娴两位美女出去吃晚饭了，回来之后又跟稼公克公戴老等一众酒友去宵夜，再回到房间，已是零点之后，昕孺兄已入梦乡。第二天晚上，我从书店回来也有九点多了吧，他要给一摞书签名，再一册一册地亲送到各位书友手里，等他忙完，上床睡觉，他说他不熬夜，即使写作的时候也不熬夜。我这个人睡觉认床，可是也不好意思破坏他这样的良好生活习惯，只接谈几句没油盐的话，睡了。总之，同居一室，未得深谈，我又失去一个很好的学习机会。读其书，可以算是一种与作者的深入交谈，这样一想，也就不觉得有特别的遗憾了。此书四辑，阅古、读今、知人、行思。我与昕孺兄短暂相处，觉得他性情内敛，而读他的书，分明能体会他内心的奔放。

《暂不谈书》，韦泱著。几年前在南京参加《开卷》的一个活动，认识陈克希先生，克公问我返程时是否在上海停留，我说我要到上海去看一位朋友。这次克公对我说起，说那次在南京，他本有意约韦泱先生在上海与我见面，介绍我们认识的，后来因我另有安排而作罢。克公的热心，我当时未能领会，失去了可以早认识韦泱先生很多年的机会。此次在郑州，得以结识韦泱先生，承赐《暂不谈书》签名本，极感欣幸。韦泱先生已出版著作十余部，我们熟悉的是他关于淘书的著作多种，而此书偏曰《暂不谈书》，是因为作者在编选这个集子的时候，基本避开了与书相关的文章，选集的是作者关乎青年时期的回忆性散文，这些散文，反映了那个岁月"生活的原貌，情感的本真"。生活是一部无字的大书，在这部书里，韦泱先生读城、读人、读悠悠岁月，这些回忆性的散文，就是韦泱先生阅读生活这部大书之后的书话。虽不谈书，书在其中矣。

《猎书杂记》，朱晓剑著。晓剑兄在成都几乎是每周都去送仙桥淘书的吧；晓剑兄自称书店病人，大约也是逢书店必进的书中瘾君子吧。《猎书杂记》是晓剑兄淘书之余随手记下的一些与书有关或与人有关的小故事，甚或是随所淘之书而来的杂感，总之是随性、杂乱、有趣。晓剑兄探访的流沙河、龚明德、吴鸿等诸位成都学人的书房，令人神往。

《凭海说书》也分四辑，为书话、书人书事、书评、书序。我喜欢曾纪鑫先生的书话和书人书事，那里有"读书的我和我读的书"。他的书评和书序很专业，所谈之书我都没有读过，读得我自惭形秽：我读之书何其少也！曾纪鑫先生以写大散文著称，汪洋恣肆，纵横捭阖，任何一个题目在他笔下都可以洋洋洒洒笔无滞碍，文思泉涌下笔万言。他曾赐寄《历史的刀锋》《千古大变局》予我，我也是读得惊喜而又羞惭。所惊喜者，人家的文章真好；所羞惭者，我何其无知乃尔。

八、访郑州三联书店

　　年会第二天安排采风，一路去嵩山少林寺嵩阳书院，一路去河南省博物院和瑞光创意工厂，我选择了第二条线路，因为郑州三联书店就在河南省博物院西去不远的地方。到郑州参加读书年会，我还有一个小小的心愿，是到三联书店郑州分销店去看一看。二十世纪八九十年代，买书还是一个比较艰难的事情，特别是我喜爱的一些读物，常常印数少，偏僻小城的书店几乎见不到。我要读的书，绝大多数是通过邮购而来。那个年代邮购图书也很艰难，成本高，时间长，常常还不能如愿。邮购图书，要加收百分之十五的邮费，去邮局汇款要加收汇费，这是成本高。汇款去书店或出版社要很多天，人家根据汇款附言登记书名，配书打包要几天，付邮之后邮路漫漫，还不知要多少天，这是时间长。我还记得有一年为购杨绛先生新出版的小说《洗澡》，汇款去北京三联书店读者服务部，足足过了半年，人家把书款退回来了，附言说"书已售罄，敬请见谅"。那些年我邮购过图书的书店或出版社的读者服务部，遍及北京、上海、杭州、福州、南京各处。一九九〇年《读书》杂志刊出郑州三联分销店的图书邮购广告，我从此与这个书店建立邮购关系，长达十年时间，得到了允称贴心的服务。为此，某一年我写了一篇《邮购记忆》发表在中国教育报，我也是因为这篇文章认识了马国兴兄，后又由马国兴兄介绍联系上了当年为我选书配书的从容女史。许多年来,到郑州去看看三联书店,是我的一个心愿。

我从河南省博物院出来,独自去了三联书店。书店在一个商厦的四楼,只有不多的几位读者。我在书店盘桓一阵,然后与一位店员聊天,想打听一下关于这个有近三十年的书店的历史,想问一问书店是否还有当年邮购图书的会员的记录。不无失望的是,年轻的店员一问三不知,对我的问题既无兴趣,也没有表现出为读者服务的耐心和热情。我意识到自己有点表错情了,俗话说,相见不如怀念,有些东西,确实只适合留在记忆深处。

临走,还是决定买一本书为此行留个纪念。选了一本《许子东现代文学课》,请店员在书后盖了一个三联书店的印章。

二〇一八年十月十九日于有不读斋

是"扎"还是"札"

我一向以为徐志摩与陆小曼恋爱期间的日记和书信,是《爱眉小札》,从来也未"从不疑处有疑"。我自己只有《爱眉小札及其续编》和《一本没有颜色的书》两种,前者是浙江文艺出版社一九八九年五月版,后者隐身在有不读斋,我想找出来查对一下它的版本信息,可是遍寻未得,不过我敢肯定它是正规出版物,我相信这些出版社在编辑出版这一部日记书信集时,对书名都做过审慎的研究。

我记得现代文学的史料研究专家龚明德先生曾谈到过这个书名,他在《"海与先生争花"考述》里说:"最后谈谈《爱眉小札》的体裁,一般都说这本小册子是日记,八卷本《徐志摩全集》就将其收录在第五卷'日记'一辑。但细辨徐志摩自写的书名,'札'字也像'扎'。如此,'爱眉小扎'就是徐志摩写给陆小曼未寄邮的短信一叠。本来,双方也是作为互通心曲的通信来写的。"(《新文学旧事》,青岛出版社,二〇一九年一月版,第九页)龚先生的意见归纳起来两个意思:徐志摩手写的"札"字也像"扎";从体裁来说,名为日记实为书信。这样一来,那个"扎"字的意思就落实到"一叠"上了,未免有点牵强。所以龚先生最终也没有明确,这个书名该是《爱眉小札》呢,还是《爱眉小扎》。

无独有偶,我今日捧读另一位现代文学史料研究专家陈老子善先生的《说徐志摩》,发现书中满是《爱眉小扎》,起先以为是失校,几十处的"扎"字,看起来很扎眼。然而并不是。陈老在书中有一个特别的说明:"特别应该加以说明的是,'爱眉小扎'是指一束关于徐志摩与陆小曼恋情的日记和书信,此'扎'非'书札'之'札',这从《爱眉小扎》'真迹手写本'数则徐志摩亲笔所书书名和《爱眉小扎》初版铅排本的排印均可清楚地辨认,遗憾的是,长期以来,'爱眉小扎'错成'爱眉小札',以讹传讹,这次也予纠正。"(《说徐志摩》,上海书店出版社二〇一九年八月版,第十七页)这一段话是在《"你是人间的四月天"——关于〈爱眉小扎〉及其他》这篇文章里,这篇文章原载二〇〇〇年三月北京经济日报出版社初版《爱眉小扎》。我没有读过这个版本。

　　《说徐志摩》的起首一篇《书比人长寿》,就是梳理《爱眉小扎》各种版本的专文。文中说到,《爱眉小扎》有四个版本,为:一、《爱眉小扎》真迹手写本,一九三六年四月上海良友图书公司版;二、《爱眉小扎》"良友文学丛书"本,一九三六年三月上海良友图书公司版;三、《爱眉小扎》"良友文学丛书"桂林本,一九四三年二月良友图书公司版;四、《志摩日记》,一九四七年三月"晨光文学丛书"本。这四种版本,内容略有增删,前三种书名都是《爱眉小扎》。陈先生的书中附有两个书影,其一为"真迹手写本"的扉页,另一个是"良友文学丛书"桂林本的封面。

　　正是这两个书影,使我对陈老子善先生的"特别的说明",不能完全同意。两个书影中,"良友文学丛书"桂林本的封面,书名是黑宋体"爱眉小扎",自无疑问;恰恰是那一个徐志摩的"真迹手写"书名,我以为,应该是"爱眉小札",而不是"爱眉小扎"。

　　书名以何为准,陈老的依据有两个,一是徐志摩手书书名,一是初版铅排本。我的意见略有不同。我认为，书名以何为准，依据只能有一个，那就是徐志摩本人亲笔手书的书名，此所谓名从主人。而说到"以讹传讹"，我以为"讹"的正是"《爱眉小扎》的初版铅排本"，或者说，导致"讹"误发生的，其实就是徐志摩的学生赵家璧先生，"良友文丛"和"晨光文丛"都是赵家璧先生的杰作。而之所以有此一误，是因为徐志摩亲笔所书的书名，并非能"清楚地辨认"。陈老子善先生出于对出版界前辈赵家璧先生的尊敬，大概未曾想过这是赵家璧之误，从而有了书名以初版为准的结论。

说回到那个手书书名。事实上，毛笔行书的"扎"和"札"字，颇难分辨，从书写的笔势来分，端看左边是提手旁还是"木"字旁。徐志摩所书"札"字，龚先生说也像"扎"，像未必是，仔细辨认，左边应是"木"字旁。"木"字旁的第二笔是竖，不是竖钩，第三笔有先左撇再上提之势，而行书的提手旁，上提一笔常与竖钩连写。徐志摩虽不以书法名，但他的书法师宗郑孝胥，书法的功底是在的。

所以，我觉得，这"一束关于徐志摩与陆小曼恋情的日记和书信"，当为《爱眉小札》，而非《爱眉小扎》。"长期以来"，各出版社不约而同都排印成《爱眉小札》，正是对初版铅排本《爱眉小扎》的反正。

再说，这"一束关于徐志摩与陆小曼恋情的日记和书信"，本来就是"书札"，龚先生说是"互通心曲的通信"，这在陆小曼的《序》里，也有很清楚的说明："为了家庭和社会都不谅解我和志摩的爱，经过几度的商酌，便决定让摩离开我到欧洲去作一个短时间的旅行；希望在这分离的期间，能从此忘却我——把这一段姻缘暂时的告一段落。这一种办法当然是不得已的；所以我们虽然大家分别时讲好不通音信，终于我们都没有实行，（他到欧洲去后寄来的信，一部分收在这部书里。）他临去时又要求我写一本当信写的日记，让他回国后看看我生活和思想的情形，我送了他上车后回到家里，我就遵命的开始写作了。"这是当徐志摩在欧洲时，陆小曼的日记是"当信写"的。在徐志摩回国之后，"可是那时的环境，还不容许我们随便的谈话，所以志摩就写他的'爱眉小札'，每天写好了就当信般的拿给我看"。可见，这一束日记和书信，信当然是信，日记也是当信写的，全具有"书札"的功能，名其为"札"，名正言顺，何以要依"初版铅排本"为准而"予以纠正"为《爱眉小扎》呢？

二〇一九年十二月二日于有不读斋

后　记

　　这本小书编成的时候，我将要五十岁，是古人所谓知非之年，就取了这么个书名。这一晃，竟就六年过去了。后来又修改过一回，连自序也重写了；去年初因为疫情的缘故，有一阵关在家里无聊，就想着把存在电脑里的这本小书重新编排了一下，删去个别篇目，又添补几篇，成了现在的样子；觉得重取一个书名也没有很大的必要，留着它也是一个纪念吧。

　　小书曾承董宁文先生和毛静先生看过，得到他们的鼓励，这是要特别表示感谢的。也要感谢马国兴先生和黄妙轩先生，是马国兴先生的建议和黄妙轩先生的包容，才使得这本小书能够跻身于在读书界素有好评的"纸阅读文库"。此外，还要感谢黄健辉先生，健辉先生对我的小文章常常表现出一种出格的偏爱，能让我以为自己的文章还有一点存世的价值。虽然我残存的一点自知之明偶尔会让我从这种虚幻的谬赞中抽离出来，但朋友们的肯定和鼓励给予我友情的温暖，我始终心存感激。还要特别感谢塔娜博士的耐心和细致的编辑，她为这本小书消除谬误付出的努力让我感动。

二○二一年九月二十七日于有不读斋

图书在版编目(CIP)数据

　知非集/易卫东著. —呼和浩特:内蒙古教育出版社,
2023.10

　(纸阅读文库.原创随笔系列.第六辑)
　ISBN 978-7-5569-2355-7

　Ⅰ.①知… Ⅱ.①易… Ⅲ.①散文集—中国—当代
Ⅳ.①I267

　中国国家版本馆 CIP 数据核字(2023)第 205374 号

ZHIFEI JI

书　　名　知非集
著　　者　易卫东
责任编辑　塔娜
装帧设计　长城外书草
制　　作　内蒙古达尔恒教育出版发展有限责任公司
责任印制　邸力敏
出版发行　内蒙古教育出版社
社　　址　呼和浩特市新城区新华东街 89 号教育出版大厦(010010)
邮　　箱　E-mail:xxzx@im-eph.com.cn
印　　装　内蒙古爱信达教育印务有限责任公司
开　　本　965mm×1270mm　1/32
字　　数　140 000
印　　张　6
版　　次　2023 年 10 月第 1 版
印　　次　2024 年 1 月第 1 次
定　　价　26.00 元